EL SANTO QUESO /
THE HOLY CHEESE

Jim Sagel

EL	THE
SANTO	HOLY
QUESO	CHEESE
Cuentos	Stories

English Translation by the Author

University of New Mexico Press
Albuquerque

Library of Congress Cataloging-in-Publication Data

Sagel, Jim.
  El santo queso : cuentos = The holy cheese / Jim Sagel.
    p.   cm.
  ISBN 0–8263–1707–3 (pbk.)
  I. Title.
PQ7079.2.S23S26   1996
863—dc20   95—47391
                                                      CIP

para Teresa

Indice

EL SANTO QUESO

THE HOLY CHEESE
(translation)

El Inventor

1

—Ese Inventor está más loco que.... —Eluid Rendón se detuvo, buscando la palabra propia, la expresión que completara la comparación. Pero no había tal palabra, pues era una locura indecible.

No sólo el Eluid pensaba que a Urbán Flores—o el Inventor, como toda la gente de San Gabriel le decía— le faltaban varias tuercas. Pues, el bato era más turnio que el diablo y se reía todo el tiempo sin motivo alguno. Y luego había las invenciones.

Sabrá Dios qué hacía el Inventor adentro de su taller desordenado: algunos decían que buscaba un modo de fabricar gasolina del agua—otros reclamaban que, como los alquimistas de tiempos pasados, trataba de sacar oro de piedras ordinarias, peñascos que él mismo bajaba del monte detrás de su casa. La verdad era que nadien sabía qué demonios inventaba el Inventor, ni su propia mujer ni mucho menos los maestros y escoleros del jáiscul donde él trabajaba. Durante el día el Urbán manejaba una escoba, pero por la noche se convertía en el Inventor, el genio musitando ecuaciones ocultas por las chispas y nubes de humo espeso. Y cuando sonaba otra explosión por esos rumbos, la gente de

San Gabriel nomás sacudía la cabeza y decía: —Será el Inventor.

El padre Ramón de la Iglesia de Cristo Rey por su parte hallaba una lección en las salvejadas que hacía el Inventor, pues daban una prueba más del riesgo que corren los primos hermanos que se casan como habían hecho los padres de Urbán. Pero mana Luisa, la comadre de una tía de Urbán, decía que no, que no tenía nada que ver con eso, que el Urbán se había quedado un poco destornillado a causa de todo el azogue que su mamá le había dado de remedio cuando era niño y se empachaba tan frecuentemente. Sin embargo, mana Josefa, la cuñada de mana Luisa y también madrina de un hermano mayor del mismo Urbán, decía que el azogue no le había hecho ningún mal y que el chamaco había estado murre bien antes de caerse en el "sewer". Hoy en día todos tienen su fosa séptica, pero en aquellos tiempos muchos usaban nomás un pozo abierto para los desperdicios. Durante el invierno el agua del pozo se helaba y los muchachitos se ponían patines para jugar ahí, sólo que los que tenían más sentido no patinaban en el "sewer" durante la primavera cuando el hielo se ponía peligrosamente delgado. El Urbán apenas había cumplido nueve años cuando, en una tarde brillante de marzo, rompió el hielo y escapó de ahogarse en el mugrero. Pero sea lo que sea—o la mierda o el azogue o las relaciones incestuosas—no cabía duda que se le habían ido las cabras al Inventor, todo el hatajo.

—Lo que pasa a ese Inventor es que se volvió loco en la guerra —el Eluid le dijo a su mujer, Patty. Pero el Eluid estaba utilizando uno de los mecanismos clásicos de defensa psicológica, la proyección de sus propios pensamientos. El Urbán sí había peleado en la guerra de Corea, pero no había vuelto lastimado ni del cuerpo ni de la mente. El Inventor había sobrevivido la guerra gracias a su risa interminable y su mal ojo que se había quedado fijado en un paisaje muy remoto del campo de batalla, el paisaje de sus propios sueños.

Eluid Rendón, en cambio, sí había venido bien fregado de esa otra guerra, la de Vietnam. En cierto modo, la ansiedad que aún sufría le ayudaba en su trabajo como consejero en la Clínica Pública de la Salud Mental porque mejor podía identificarse con sus clientes, sólo que a veces se identificaba con ellos en demasía aunque en un nivel inconsciente, como diría Freud. Así que después de pasar el día aconsejando a los acongojados, el Eluid sembraba congoja en su propia casa, maltratando a su mujer, no a golpes sino a palabras— o, más bien, la falta de ellas. Todas las noches acabada la cena, el Eluid se pintaba a las cantinas, algunas veces ni molestándose en volver a la casa. Tres años pasados hasta había tomado un "sabático", como decía él, dejando a su mujer y niño para vivir con una chamaca que jalaba con él en la clínica.

Ni la Patty podía explicar por qué lo había recibido cuando él llegó a la puerta un año después con la cola entre las piernas, rogando que le abriera. Pero ella sí lo había recogido, tal vez porque le tenía lástima. El Eluid era un cabrón bien hecho—eso sí—pero no cabía duda que el pobre bato había vuelto de Indochina con bastantes problemas. La Patty entendía, por ejemplo, por qué el Eluid no podía celebrar el día de la Navidad como la demás gente, no desde aquel crismes en Vietnam cuando él había estado manejando el yip y un tirador emboscado había matado al compañero sentado a su lado. Ella también comprendía por qué su marido se escondía en el monte cada Día de Independencia. Aunque él había servido en una cuadrilla de demolición en Vietnam, ya no podía aguantar ni los traquidos de los cohetes que la plebe encendía.

La Patty también era capaz de perdonar a Eluid cuando perdía la paciencia como había hecho aquella vez con ese "guro". En aquel entonces, el Eluid había acabado de dejar sus clases en el colegio de la comunidad, pese a que Tío Sam pagaba los gastos de su educación, porque ya no aguantaba estarse "encerrado en un cuarto con aquellos locos", como había dicho él. Había conseguido un jalecito con una compañía de construcción manejada por los "guros", aquel grupo de sikhs que habían establecido una comunidad religiosa en San Gabriel. A Eluid le cuadraba el trabajo—pues, desde chiquito le había gustado trabajar con la madera—pero no podía ver al mayordomo, un "guro" que usaba una toalla en la cabeza y una daga en la faja. Tocó que un lunes por la mañana el Eluid llegó crudo al trabajo y, de un modo u otro, él y el patrón empezaron a averiguar. Primero el Eluid le preguntó al "guro" si había lavado el "pañal" antes de ponérselo. Luego el "guro" respondió que la cara de Eluid era muy parecida al ojete de un camello. Fue entonces que el Eluid le había dicho: —A lo menos no me parezco a un "tampax" con piernas como tú—. Con eso habían llegado a las manos, y aunque le metieron una friega a Eluid, él se había conformado después con haberle echado la viga a ese "cabeza de pañal".

Medio mundo ya sabía que la Patty había pasado las incomparables con su esposo tan enojón, pero cuando él empezaba a meterse en los negocios de ella, pues eso era el colmo. Al cabo que era cosa suya si quería visitar la Capilla de la Santa Madre, el nuevo santuario que el mismo Inventor había levantado en el sitio preciso donde la Virgen se le había aparecido.

3

—Ese Inventor era uno de mis clientes—te digo, el hombre está bien lucas —el Eluid le dijo a la Patty, recordándole que un loco siempre hace cien. El debía saber, habiendo lidiado con tanto loco, incluso este mismo Inventor que en una mañana del año pasado había aparecido a las puertas de la clínica con una aspiradora en la mano. La verdad era que el Urbán no buscaba un consejero sino un reparador de aparatos, pero el pobre había entrade en el mal cuarto.

El Inventor no tenía la culpa de su equivocación, ni mucho menos el Eluid. Aunque parezca mentira, el responsable fue nada menos que el mero presidente, ya que una reducción de fondos gubernamentales había obligado a los directores de la Clínica Pública de la Salud Mental a tomar medidas para economizar. Al fin habían decidido arrentar la mitad de la oficina a un reparador de aspiradoras. Este tipo, uno de los pocos negros en todo el condado de Río Bravo, había bautizado su nuevo negocio con un nombre muy apropiado: "La Clínica de Aspiradoras". Pero, como las dos "clínicas" quedaban en el mismo edificio, los que no se fijaban bien podían quedarse confundidos como el mismo Inventor que se encontró sentado en un sofá con su aspiradora de la marca Hoover en una mano y su buen ojo fijado en la cara de un hombre barbudo y desconocido que dijo que se llamaba Eluid Rendón a sus órdenes. Aunque el Inventor se tardó un buen rato para darse cuenta que no estaba platicando con el que componía aspiradoras, el Eluid nunca acató que el Urbán andaba en el mal lugar—pues, el consejero daba por hecho que este bato tan turnio y risueño estaba poco tocado de la cabeza. Después de ese primer encuentro, el Inventor se citó con el Eluid para la siguiente semana, y falta que todavía estuviera yendo a la clínica cada miércoles por la tarde si no habría sido por su conversión.

Sí, el Inventor encontró al Señor, pese a que no lo buscaba. Un viernes por la tarde, al salir de su trabajo en el jáiscul, el Urbán pisó una botella vacía de Jack Daniel's Whiskey que algún malvado había tirado por ahí, y cayó redondo al suelo. Huelga decir que el Inventor pasó varias semanas en el hospital. Allí conoció al "Hermano Santiago", un ex-alcohólico a quien le faltaba la pierna derecha de la rodilla pa'bajo, lo resultado de una herida en la Segunda Guerra Mundial, según decía él, aunque las nodrizas decían que no, que al Hermano Santiago le habían mochado la pierna a causa de los diabetes. Sea como sea, el Hermano Santiago se había hecho un "aleluya" y ya se dedicaba a hacer la santa voluntad del Señor. Desempeñaba su ministerio en el Hospital Presbiteriano de San Gabriel donde iba de cuarto en cuarto en sus sobaqueras, preguntando la mismita pregunta en cada puerta: —¿Cómo están los enfermos hoy?

Si los pacientes no estaban muertos ya, el Hermano Santiago sí los acababa de matar de aburrimiento con sus sermones—bueno, todos menos el Inventor que podía pasar toda la tarde escuchando las homilías interminables del predicador de una sóla pierna. Y cuando la esposa del Inventor le preguntó cómo demonios podía soportar estarse encerrado todo el santo día con aquel loco, el Urbán nomás le contestó: —Pos, me divierto más con él que con aquella porquería de televisión.

—Sí —dijo ella—, pero al menos puede uno apagar la televisión.

Bueno, después no podían "apagar" al Inventor tampoco, porque el día antes de salir del hospital él también decidió cargar con la cruz del Señor. Sí, salió del hospital un hombre renacido, aunque los burlones del pueblo decían que el único cambio era que ahora en lugar de oro el Inventor se dedicaba a inventar cuentos.

4

—¿Cómo puedes creer en las locuras de ese zonzo cuando el mismo padre le ha echao las papas?—dijo el Eluid a la Patty, y sí era cierto que el padre Ramón de la Iglesia de Cristo Rey había denunciado al Inventor como "el diablo encarnado". Pero a pesar de la advertencia del padre Ramón, sus parroquianos siguieron yendo a la montaña del Inventor donde "el diablo encarnado" había levantado una capilla a la Virgen. La capilla tenía tres paredes de adobe pero la cuarta era un peñasco, el mismo peñasco donde la Señora había aparecido como una imagen en una pantalla de cine. Ahí en esa piedra el Inventor había pintado la Virgen precisamente como la había visto aquella mañana maravillosa. Claro que había uno que otro sabelotodo que se aferraba que el Inventor nomás había imitado la pintura de la famosa Guadalupana, pero los creyentes contestaban que las Vírgenes se parecían porque después de todo eran la misma Madre de Dios.

Mientras tanto, el Inventor dejó su jale en el jáiscul y comenzó a hacer la vida con el turismo, cobrando a los peregrinos para subir la vereda a su capilla y vendiéndoles retablos con la imagen de la Virgen. Aunque al principio el negocio era poco despacio, se mejoró mucho después del "milagro". Mana Luisa mandó cartas a todos los parientes, explicándoles los detalles del milagro que el sobrino loco de su comadre había hecho, pero mana Josefa reclamaba que la historia del "milagro" era puro chisme. Como quiera que fuera, había muchos que sí creían la historia del ciego que había criado unos ojos nuevos. Según platicaban, un veterano que había perdido los ojos en la guerra de Vietnam —no solamente la vista sino los meros ojos— llegó un día a la capilla.

—¿Quieres ver otra vez, m'ijo? —el Inventor le preguntó al veterano.

—¿Tienes pelitos en las talegas? —respondió el ciego con una carcajada, pero el Inventor ignoró la burla y, poniendo las manos encima de las cuencas huecas del veterano, rezó a la Virgen con toda su fuerza. Y izque para la siguiente mañana el bato había criado unos ojos nuevos—es más, los ojos eran azules y no acafetados como los que había perdido en el campo de batalla.

El Eluid había oído esa historia varias veces ya, pero para él era nomás otra prueba de la estupidez de la gente, tan buenas tragaderas que tenía. Y ahora hasta su propia esposa iba a hacer una "peregrinación" a la capilla de aquel loco—loco, tal vez, pero nada de zonzo ya que hacía un dineral trasquilando a todos los pendejos que tenían más "lana" que sentido. No cabía duda que ese Inventor era peligroso y que su "Capilla de Santa Clos" representaba una amenaza a la salud mental de todo el valle. Por eso, el Eluid había resuelto tomarse la justicia por su mano.

5

—Andaba poniendo una escalera de aluminio en el techo cuando pasó —dijo el Hermano Santiago a uno de sus "clientes" del hospital, un viejo que había quebrado la pierna cayéndose de un árbol de manzana. El Hermano Santiago estaba trabajando mucho ya que todos querían saber qué le había pasado a aquel pobre que trabajaba en la Clínica Pública de la Salud Mental, ese Eluid Rendón que se encontraba en el mismo hospital recuperándose de su accidente horrible. Era todo el mitote ya que los pacientes se habían cansado de discutir la explosión misteriosa que había destrozado la Capilla de la Santa Madre la semana antes. Ahora los enfermos repetían la historia de como el Eluid estaba poniendo una nueva antena de televisión en su techo cuando la punta de la antena había hecho contacto con una línea de electricidad. Aunque los doctores le habían mochado las dos manos, todo el mundo decía que el pendejo había tenido mucha suerte.

Pues, según dice mana Luisa, el Eluid se escapó de colgar los tenis allí en el mismo camino cuando la ambolanza que lo traía se murió enfrente del monte del Inventor donde no hacía ni una semana que algún malvado desconocido había usado dinamita para volar la Capilla de la Santa Madre. Cuando no pudieron prender la ambolanza, pararon a un "hippie" que venía pasando por ahí en un "van" Volkswagen. El "hippie" les dijo que "sure", que él llevaría al bato al hospital

—pero tan pronto como sacaron a Eluid para echarlo en el "van", pues muérese el "van" también. Al fin tuvieron que mandar a Eluid con un ranchero viejo en una troca Dodge que iba al rumbo que la ambolanza había venido. El viejito sí lo pudo llevar pero tuvo que rodear la montaña del Inventor por una ruta doble de larga. Mana Josefa, por su parte, dice que esa historia es puro mitote compuesto por los resolaneros del pueblo que siempre prefieren un buen chisme a la verdad. Sea como sea, lo cierto es que el Eluid ya tiene dos ganchos de metal en lugar de diez dedos de carne y hueso, y al fin ha dejado a la Patty trabajar fuera de la casa ya que las cuentas del hospital son astronómicas.

En cuanto al Inventor, pues a pesar de perder la capilla, su único modo de ganar la vida, él no se ha echado a la desesperación ni ha abandonado su religión. Al contrario, ahora ha emprendido un nuevo negocio, "Aspiradoras Cristianas", cuyo lema es: "Jerga Limpia, Alma sin Mancha". Vende aspiradoras de puerta en puerta, obsequiando una biblia a los que cuidan una demostración de su máquina. Y a los que quedan en comprar una aspiradora, el Inventor les ofrece sanar a cualquier enfermo de la familia absolutamente gratis.

El Inventor tampoco ha perdido su talento con la brocha, pues la prueba está en la puerta de su troca donde ha pintado la imagen de la misma Virgen que se le apareció en el monte, sólo que esta Virgen maneja— pues ¿qué otra cosa?—una aspiradora.

La Muerte Bataan

1

Eduardo "Eddie" Rendón se llama el personaje principal de este relato. Se muere en el último párrafo. Aunque ya sepas el destino de Eddie, todavía querrás saber las dificultades que pasó en esta vida. Ya sé cómo eres: ni leerás la historia si no encuentras un embrollo en el primer párrafo.

Pero no seré el embrollón, aunque te pierda en el segundo párrafo. Este Eddie es una persona de verdad, y cuando uno trata de inventar la realidad no es posible observar todas las costumbres de ficción. Carne y hueso no caben fácilmente en una cuartilla tamaño carta.

Eddie Rendón nació en Agua Sarca, un pueblito de ranchos situados a lo largo del río cerca al pueblo indio de San Pablo. Se crió en este lugar de manzanares y praderas ricas, disfrutando una vida rural y sencilla, una existencia muy parecida a la de sus antepasados. Pero la guerra cambió todo eso, no sólo para el Eddie sino también para todos los habitantes de Agua Sarca y del norte de Nuevo México. Me refiero a la Segunda Guerra Mundial que dividió la vida de Eddie Rendón por la mitad.

El joven vivo y risueño que se había ofrecido para la lucha en contra del Eje volvió de la guerra un hombre desasosegado, con la salud quebrantada igual que las convicciones. Ya después ni iba a las carreras de caballo en el Pueblo de San Pablo pese a que él había tenido la fama de ser el mejor jinete de todo el valle antes de la guerra. Pero como el Eddie había vuelto de Japón con una pierna torcida y tiesa, pues ya no podía correr su alazán ligero.

Pero tú no querrás perder tiempo leyendo de la época tranquila de la vida de Eddie. Tendrás ganas de ir al grano, pues desde un principio has exigido que este personaje desafortunado tenga problemas y dificultades. Así que sin más ni más vamos a situarlo de una vez en la guerra—no en un torpedero ni en un avión de bombardeo volando por las alturas, ni tan siquiera en las entrañas de un submarino.

No, lo vamos a condenar al mero infierno, a la Marcha de Muerte de Bataan. Eddie Rendón tendrá que sufrir tres años de desesperación en un campo de concentración. Hasta le voy a dar el mismo sobrenombre que le dieron cuando al fin volvió de la guerra—"la Muerte Bataan". Al cabo que "Eddie Rendón" es un nombre ficticio, escogido al azar de la guía telefónica, pero "la Muerte Bataan" sí es el nombre verdadero de este pobre personaje.

2

En el año 1940, la Muerte Bataan se hizo miembro de la Guardia Nacional de Nuevo México, sirviendo en el 200th Coast Artillery Regiment, un regimiento de artillería antiaérea. El regimiento de 1.800 nuevomexicanos fue mandado a las Filipinas para defender la isla de Luzón, y allí estuvieron cuando los japoneses atacaron Pearl Harbor. El Ejército Imperial de Japón pronto inició el ofensivo en la Península Bataan y, en el día 9 de abril de 1942, el general Edward P. King de los Estados Unidos rindió las armas. Para el siguiente día, la Marcha de Muerte de Bataan empezó.

El ejército victorioso forzó a los cautivos caminar los cien kilómetros del puerto de Mariveles a la población de San Fernando y, de ahí, a varios campos de concentración. Miles de soldados americanos perecieron en la marcha y decenas de miles de filipinos. Del 200th Coast Artillery Regiment nomás la mitad de los jóvenes nuevomexicanos sobrevivieron.

Ahora, varias décadas después, la Muerte Bataan sigue tomando las tranquilizantes que tendrá que tomar por la vida entera. Hace todo lo posible para no recordar aquellos años porque con los recuerdos vienen las pesadillas y ya no podrá ni dormir. Entonces tendrá que ir al monte a pasar unos días pescando porque sólo así se le pasa.

Pero tú no querrás dejarlo en paz—exigirás enterarte de esas pesadillas. Claro que justificarás tu falta de compasión por motivos literarios, afirmando que todo lector tiene derecho de entremeterse en cualquier asunto de un personaje ficticio. Pero ¿cómo puedo explicarte el sufrimiento de la Muerte Bataan sin menospreciarlo ya que no existen palabras capaces de expresar tan profundo dolor?

Con todo, tendrás que saber qué espoleó a la Muerte Bataan para que siguiera caminando en la Marcha de Muerte con una pierna golpeada, caminando aun cuando sus compañeros rendidos caían al suelo y recibían una muerte cruel como la que le dieron a su colonel que fue degollado por rehusarse a alzar la bandera japonesa. Insistirás en saber qué le impeló a la Muerte Bataan para que sobreviviera en el campo de concentración que tenía sólo una llave de fuente para cuatro mil hombres y donde estaba obligado a trabajar en el destacamento de entierro.

¿Estarás satisfecho si te diga que lo que le dio la fuerza para seguir luchando fue la memoria de su niño que nació solamente tres meses antes de que la Muerte Bataan partiera a la guerra? Conservó la imagen de ese niño, o más bien, la idea de el porque ni imaginarlo podía en la oscuridad de la bodega del barco que llevaba a la Muerte Bataan y cientos de otros cautivos a nuevos campos de concentración en la isla de Japón. Nomás la cuarta parte de una cantina de agua les daban al día y, a veces, ni eso hasta que al último algunos prisioneros se volvieron tan locos de sed que hasta mataron a los más débiles para chuparles la sangre.

3

Ahora te pudiera decir que desde entonces la Muerte Bataan nunca ha salido de su casa sin llevarse una cantina de agua, aunque sea nomás para ir a la estafeta. Pero eso sería una mentira menos irónica que la verdad. Cuando volvió de la guerra, la Muerte Bataan consiguió un trabajo en Los Alamos, limpiando los laboratorios de los científicos responsables por haber creado la bomba atómica que al fin había forzado al emperador Hirohito rendirse ante los aliados y soltar los prisioneros de guerra, entre ellos un cojo demacrado que había abandonado las esperanzas de volver a ver su querida sierra Sangre de Cristo.

Hay todavía otra ironía y, aunque me digas embustero, te la voy a platicar porque también es cierta. Los tatarabuelos de la Muerte Bataan también estuvieron en una marcha de muerte, la "Caminata Larga" de los indios navajoses. La Muerte Bataan no sabe nada de la "Caminata Larga", pues apenas conoció a su bisabuela de parte de su mamá que era una esclava navajosa. Bueno, pero ni la misma bisabuela sabía del sufrimiento que su propia gente pasó ya que unos bandidos mexicanos la habían secuestrado varios años antes de la "Caminata Larga".

Durante la década antes de la guerra Civil, Kit Carson, el militar que persiguió a los indígenas del Sudoeste con tanto éxito, había rastreado a los "Diné"— como los navajoses se llaman en su propio idioma— matando su ganado, arruinando sus duraznos y maizales, y contaminando el agua de sus lagos. Al fin el general Carleton logró convencer al gobierno americano que nunca encontrarían una solución al "problema de los navajoses" mientras que los indios se quedaban en su sierra nativa donde podían huir y esconderse. De modo que, en el año 1863, los soldados de los uniformes azules apresaron a la mayor parte de los Diné en Cañón de Chelly y los obligaron a caminar cuatrocientas millas a un campo de concentración en el Bosque Redondo.

Muchos murieron antes de llegar, unos de frío, otros de hambre, y muchos otros de puro cansancio ya que los soldados mataban a los que no podían caminar con los demás. Los caballos del ejército comieron mejor que los Diné que fueron reducidos a escarbar por el estiércol de las mismas bestias, buscando granos de maíz para poder moler un puñado de harina.

Pero la caminata nomás fue el comienzo del tormento. Cinco años los Diné se quedaron en el Bosque

Redondo, nueve mil personas acorraladas en el llano desolado. No había barracas ni frezadas suficientes para todos, y muchas familias pasaron el invierno en pozos con ningún abrigo de los elementos. Había escasez de leña, comida, y desde luego de medicina para combatir las enfermedades que amenazaban con acabar con la gente orgullosa e independiente. Cuando el Congreso de los Estados Unidos al fin se hartó de financiar el genocidio de la nación navajosa, expulsó al general Carleton y cerró el campo de concentración en el Bosque Redondo. Los Diné volvieron a su tierra nativa pero nunca volvieron a ser lo mismo.

Uno de los navajoses que regresó al Cañón de Chelly fue el hermano de la bisabuela de la Muerte Bataan, el único miembro de la familia que sobrevivió los cinco años de cautividad. Después él se casó con una mujer de Lukachukai y tuvieron cinco hijos, cuatro de los cuales lograron esconder de los oficiales americanos que llevaban a los chicos navajoses a escuelas distantes en aquella época. Pero al hijo menor, Ch'il Haajiní, sí se lo llevaron a la Escuela de los Indígenas en Santa Fe, Nuevo México. Dos generaciones después, el nieto de Ch'il Haajiní, George Begay, peleó en la Batalla de Iwo Jima y participó en la ocupación de Japón. También era uno de los famosos "code-talkers", un grupo de soldados navajoses que comunicaron mensajes secretos en su lengua nativa que sirvió como una clave tan compleja que los japoneses nunca la pudieron descifrar. Después del armisticio, los "code-talkers" fueron celebrados por el gobierno que, un siglo antes, había tratado de exterminar a sus antepasados, el mismo gobierno que recompensó el sacrificio de la Muerte Bataan con una medalla de valor hecha de bronce.

Antes de ir adelante, quiero que estés prevenido de una cosa: si estás hasta la coronilla ya de coincidencias, vale más que dejes de leer de una vez porque pronto hallarás otra. Voy a terminar este relato con todavía otra marcha, y si te parece una maquinación, pues será una maquinación de Dios, porque *es* lo que está pasando ahora mismo.

En este momento la Muerte Bataan se encuentra en otra marcha, sólo que ésta no es una marcha de muerte sino un desfile. Es el gran desfile de la fiesta de don Juan de Oñate que se celebra cada julio en San Gabriel. La Muerte Bataan está montado a caballo, marchando por la calle principal con los demás miembros de los Veteranos de Guerras Extranjeras (VFW). Le cuesta trabajo andar a caballo ya que está tan viejo y cojo también, pero la Muerte Bataan tiene muchas ganas de participar en la fiesta de este año porque su hijo, Eluid, que va a la cabeza del defile en su "armadura" de hojalata, hace el papel del héroe Juan de Oñate, el colonizador que llegó a Nuevo México en el año 1598 con doscientos colonos para fundar la primera capital europea del Sudoeste.

Pero la Muerte Bataan no piensa en la historia del siglo XVI, ni tampoco le preocupa sus experiencias tan horribles de la guerra. No, él anda entre la caballería rendida reflexionando en su propia juventud. Piensa en los tiempos pasados cuando iba al monte con su papá, los dos montados a caballo, buscando los becerros que se habían quedado perdidos. Recuerda de como su papá nunca se perdía en la sierra—siempre sabía donde había un ojo, y los dos llegaban muertos de sed y la Muerte Bataan se acostaba en el zacate alto a beber el agua refría del ojo, a beber hasta que le dolía.

Eso es lo que la Muerte Bataan está pensando cuando de repente un muchacho entre el gentío a lo largo de la ruta del desfile arroja un cohete a la calle debajo de las pezuñas del caballo de la Muerte Bataan. Traqueando el cohete, el caballo espantado se repara, tirando a la Muerte Bataan por detrás. El cae de cabeza en el asfalto y sufre una concusión severa. Tres horas después, a las dos y media de la tarde, se muere de una hemorragia masiva del cerebro en el Hospital Presbiteriano de San Gabriel. Y si no te cuadra que se muera, a mí no me eches la culpa. Yo no quería matarlo—menos ahora que lo había llegado a conocer tan bien—pero tú exigiste que lo hiciera. Sí, tenías que tener un clímax, y la única posibilidad es la muerte. De modo que no te quejes que es injusto que la Muerte Bataan se muera en vano en una hoja de papel tamaño carta. Tú tienes la culpa—tú lo mataste. Y lo peor es que lo tuviste que hacer con un cohete hecho en Japón.

Easy

—Ooh, puras familias otra vez —pensó Isadoro "Easy" Trujillo as he checked out the garage donde la fiesta apenas había comenzado—. Not even a "PG".

Se dio cuenta de todas las "casadas" sentadas en las sillas plegadizas como cuantas teenagers en un sockhop del jáiscul. It didn't look like there was a single soltera in the whole place—bueno, ¿qué más esperaba? Pos, todos sus carnales habían estado casados hacía años ya—el Archy hasta tenía un chamaco en San Gabriel High. Pero a Easy todavía le cuadraba el dicho que decía: "Te casates, te fregates". Al cabo que Easy had it made con la Chata, pos cada fin de semana tiraban el cruise por los arroyos de San Buenaventura, parqueando debajo de las estrellas para hacer el amor en el asiento de atrás de su '64 Impala. A pesar de los calambres que le daban a Easy de vez en cuando, it was cool enough, y claro que costaba mucho menos que llevar a la Chata al mono o, peor, a un restaurante donde sí le pudiera clavar la uña.

Bueno, pero había una desventaja en esa movida también, a saber esos jodidos de jáiscul. Una noche un bonche de esos babosos habían llegado at the worst possible time, forcing Easy to jump into his shorts y brincar al asiento de adelante para prender el carro.

Pero he shouldn't have put it in reverse, porque de una vez se atascó hasta el eje en la arena del arroyo. Mientras tanto, el guiangue de mirones se pararon enfrente de la ventana para preguntarle a Easy if he didn't need no help, pero lo que los cabrones querían hacer era guachar a la Chata. Y Easy hubiera sacado su cuete del glove compartment para enseñarles un poco de respeto pero estaba muy busy abrochándose la braguera mientras que las ruedas de atrás seguían spiniando en la arena.

Fue entonces que Easy decidió hallar algún otro lugar donde esos chingaos no chisquearían sus movidas. Sería imposible en el chante de su jefita donde Easy todavía vivía a sus treinta y seis años de edad, pos the old lady never slept. Sí se acostaba por algunas horas pero nunca tiraba pestaña—she just prayed a couple dozen novenas y luego saltaba de la cama para limpiar la casa que estaba retelimpia ya. Y en la casa de la Chata, pos ni chanza. Su jefe no podía ver a Easy, and even though him and Chata had been making it for ten years now, Chata's jefito still warned her she better not be going out with that "goddamned pachuco". Pero al fin Easy había snapeado—pos, la gente no se daba cuenta de lo que estaba delante de las narices— that's what he told Chata anyway cuando parquearon detrás del almacén de manzanas en el mero centro de San Buenaventura rodeado de varias casas. Resultó que Easy tenía razón—pos, nobody bothered him and Chata when they got it on, haciendo un amor más dulce que las mismas manzanas apiladas en el almacén.

Pero esta noche no, reflexionó Easy—esta noche no le iba a valer porque la Chata estaba bien empinchada con él. Hacía una semana ya que andaba tan agüitada, and just because Easy forgot her cumpleaños. Well, it wasn't his fault she jumped to conclusions—pos, nomás porque él había sacado cincuenta bolas del banco donde ella trabajaba, la Chata había dado por sentado que la iban a llevar a cenar en algún restaurante fino o mandarle una docena de rosas y una caja de chocolates. De modo que varios días después cuando la Chata se enteró que Easy había gastado toda la lana en una onza de mota sinsemilla que él quería compartir con ella when he knew good and well she didn't like to smoke weed, pos se le volaron las tapas. Y cuando la Chata se quejó de como ella había tenido que celebrar sus cumpleaños bien solita, Easy had come out with one of his famous mistimed chistes. —¿Qué importa? —le dijo—. Es otro cumpleaños nomás, just another year older y un poco más acabada.

Bueno, ahi sí se le calentó el clotche a ella, pos ya ni le hablaba en el telefón, and then she went and told her jefe not to let Easy into the chante and you can bet the old man didn't argue with that. De modo que Easy se había quedado solo esta noche, pensando que tal vez su sobrenombre debería ser "Easy Trouble" ya que se metía en líos todo el tiempo. Guacha—Easy había agarrado su apodo a long time ago, way back in la primaria. Las mestras gabachas no pudieron pronunciar Isadoro, así que bautizaron al chamaco travieso "Izzy". Luego, cuando entró al jáiscul, his cuates started calling him "Easy" porque el bato siempre la tomaba buti suave, ése.

And that's how he'd take it tonight too, nice and easy—no iba a dejar que aquella bitche achiqueara sus movidas. Al cabo que no se había amarrado todavía y, como el dicho decía, "Quien no tiene suegra ni cuñado es bien casado". Lástima que todas estas mamasotas aquí también estaban pero *bien* casadas, pero what could he do about that? Bueno, valía más machucar la muela, so Easy followed his nose into the kitchen. Levi and his esposa Linda sure knew how to throw a party, pos se aventaron con la comida, pensó Easy as he piled up his paper plate with enchiladas, posole, frijoles, chile colorado, chile verde con carne de marrano, tamales, salad, tortillas, bizcochitos, y arroz con leche, y volvió al garaje a refinar.

Como de costumbre, todos los batos estaban apeñuscados enfrente de la puerta mientras que las mujeres se sentaban apartes, bueno all except for a few newlyweds. Había chamaquitos corriendo por donde quiera, jambeando birrias de los cajetes and just generally raising hell. Cambiando su plato mojado de una mano a la otra, Easy daba un apretón de manos al estilo chicano a unos cuates y abrazos clamorosos a otros. Allí andaba el Joe Chamaco, junto al cajete de la cerveza por supuesto, y a un lado el abogado Roberto Rosencrantz was telling Américo "el Chaparrito" Gonzales about how the Chicanos Unidos really had the Primo by the balls this time. Levi DeAgüero, un bato que tenía un tatuaje de la Guadalupana en un brazo and a naked chick on the other was shooting the shit with Meli-boy—bueno, the guy's real name was Juan de Dios Melisendro de quién sabe qué más, pos al pobre le dieron las letanías, ve, de modo que todos nomás le decían Meli-boy.

Damián Medina, un maderista de primer premio, se apoyaba en el marco de la puerta escuchando a Eluid Rendón contar otro "chiste de verdá" de sus experiencias en San Gabriel High School y el ejército de los Estados Unidos, and the funny thing was you could never tell which of the two institutions he was talking about. Luego se dio cuerda el estafetero y pintor Archy Leyba who started repeating the same story he told at every damn party, la triste historia de George Esquibel, un artista a todo dar que había malgastado su talento y salud. El bato hasta había trabajado por Walt Disney en algún tiempo, but he had ended up on the streets of San Gabriel, solo y destrampado, siempre buscando trago hasta que al fin se había helado en una noche fría de enero.

—¡Ahi perdimos uno de los artistas más chingones que se ha visto por estas partes! —dijo el Archy—. Yo me acuerdo que el pobre cabrón llegaba de vez en cuando para pedirme unos nicles. And you know, I'd give him whatever spare change I had. Le *prestaba* la feria—that's what I'd always tell him, porque el bato todavía tenía muncho orgullo mas que fuera un trampe. Y él me pagaba con un dibujo, even if he was shakin' so bad he couldn't hardly hold onto his pencil. Todavía tengo esos retratos, mostly pictures of the Sangre de Cristos o de la misma gente que andaba en la estafeta, y yo te apuesto que sí valen dinero ahora. ¿Qué no se te hace? Pos, asina hacen siempre, ¿no? Your work ain't worth shit till you're dead. ¿Qué has hecho, Easy? ¿Costo?—preguntó el Archy con una sonrisa enterrada en sus barbas formidables.

Va sin decir que Easy no quería escuchar más historias de los artistas más chingones del valle, y mucho menos ahora que se le estaba enfriando la comida en el plato, de modo que le dijo: —Bueno bro, ahi te guacho —and he split to find a place to chow down.

Allí en la primera mesa estaba la Debra, la esposa de Archy, sentada frente a la Patty, la mujer de Eluid Rendón. En la otra orilla de la mesa la Marcie, la esposa risueña del abogado Rosencrantz, mascaba la garra con la ama de la casa, Linda, una gordita que Easy no conocía muy bien ya que ella se había criado en Burque. Easy checked out the scene y se le figuró que fuera mejor sentarse con la Debra—pos, it was family night, y de todos modos, she was the only blondie in the group. —¿Que tal, chulitas? —les saludó con su bironga en una mano y el plato remojado en la otra. Cuando las mujeres respondieron con una risada, Easy snapped he had bean juice running down his calzones.

—¿Cómo están los chamacos? —Easy le preguntó a la Debra mientras se sentaba, un poco avergonzado por la mancha en los levis.

—Bien, gracias. Y a ti, ¿cómo te ha ido? ¿Dónde está la Chata?

—No preguntes —le respondió con una mueca de disgusto entre bocados de enchiladas y posole—, don't *even* ask.

—Okay —se rió la Debra, haciendo cocos y meneando los rizos rubios while Easy fantasized what it would be like to make it con esta chavala que era buena cocinera, buena madre y güerita también. That bearded estafetero wouldn't stand a chance up against him—ni modo.

Pero ¿cuándo diablos iba a encontrar a la ruca de sus sueños?—just a simple woman, loyal and hard-working—bueno, and good-looking too, una güisa con suave forje—en fin, su jefita en el cuerpo de Bo Derek. Y esta Debra, pos she almost fit the bill—tenía el pelo bien rubio pero era medio repelona también. A Easy le gustaban las mujeres amansadas, no las amansadoras.

—So, how's it goin' with Chicanos Unidos? —preguntó la Debra.

—Pos, lo de siempre—todavía lidiando con ese cabrón de Fermínio —contestó Easy, refiriéndose al gran patrón que controlaba cada detalle de la vida en el condado de Río Bravo, pos the Primo had his finger in every pie from the public schools to the policía. Durante la última década, los Chicanos Unidos se habían dado en la pipa batallando con el Primo, y aunque nunca le habían ganado en una elección sí le habían sampado la gorra en las cortes. Pos sí, their abogado Rosencrantz had beat the Primo in court, y más que una vez también, in spite of the fact that the aging patrón had most of the local jueces in his hip pocket. Sin embargo, los Chicanos Unidos todavía no representaban más que una molestia para el Primo, tal como un grano doloroso en la rosca, porque después de diez años de batallas interminables, todo quedaba más o menos igual. Bueno, for awhile los Chicanos Unidos sí tenían al Primo por las meras when that judge on the Appeals Court found the Primo guilty of perjury. Y ¿cómo no?—everybody knew the Primo was lying cuando juró que no había tenido nada que ver con esa mota that somebody had planted under the seat of the Chicanos Unidos' candidate for sheriff, Américo "el Chaparrito" Gonzales. Lo más sabroso de todo fue cuando el Primo había tenido que resignar su puesto en la Asamblea Legislativa del Estado, pero al fin y al cabo la mordida funcionó, just like it always did, y los jueces del Tribunal Supremo del Estado de Nuevo México se tragaron el orgullo and pardoned the sonofabitch.

—Pero ¿sabes qué? —dijo Easy, arrimándose a la Debra como para hablar en confianza—, they got my phone bugged. ¡Me la rayo, ésa! —añadió cuando la blondie no había reculado en horror.

—Serio, ésa —continuó—. Me están siguiendo—tú sabes, los gorilas del Primo. Por eso no salgo a ninguna parte sin mi cuete. ¿No te dije lo que me pasó el otro día en Wolf's Sporting Goods? Pos, I was checkin' out the fishing rods when all of a sudden I spot this gabacho staring at me—un bato muy estrambólico, with a business suit, a crewcut—todo el negocio. Pos ¿qué chingaos estaba haciendo él en Wolf's Sporting

Goods? Y fíjate, tan pronto como lo spoteé, se pintó el cabrón—simón que sí. Yo creo que era del F.B.I.—or maybe even the C.I.A. I don' know, ésa—un día d'estos, pos quién sabe se no me jallen en el quinto infierno with my brains blown out.

—¿Sabes lo que necesitas? —dijo la Debra con firmeza en la voz—. You need to settle down and get married. Mírate nomás—¿cuántos años tienes tú?

—Bueno, veintinueve.

—*Mírate* nomás—veintinueve años y todavía tirando el cruise por la plaza como si fueras un teenager. ¿Por qué no te casas?—hay muchas mujeres buscando un buen hombre.

—Sí, ya lo sé, pero está pesao—you don' know how hard it is to find a ruca that....

But before Easy had the chance to lay out the specs for his dream girl, la Linda puso el estéreo más alto y el estafetero sacó a la Debra a tirar chancla. Archy never hung around with his old lady at parties, pos what would all his carnales think? Sin embargo, el Archy sí era un poco jealous—"un gallo muy celoso", como cantaba Al Hurricane Jr. en una de sus canciones favoritas.

Bueno—thought Easy, sentado solito en la mesa—she's too damned smart for her own good anyhow. A él no le gustaban las mujeres muy inteligentes—bueno, pero tampoco le cuadraban las zonzas. So he just kicked back, polished off his Schlitz, y se puso a guachar el borlote. Easy even thought about sparking up that leño que traiba en la bolsa pero cambió de opinión. Había mucha familia esta noche and somebody'd probably get bent out of shape, tal vez uno de sus cuates casados, los mismitos que más antes andaban engrifados todo el santo día. Pos, como el dicho dice, "No hay mejor amansador que el casorio". But Easy didn't want to go outside to toke up either, pos estaba muy comfortable right where he was.

Pero quien sabe si no tendría que pintarse de todos modos ya que la Linda estaba tocando aquella música horrible de "disco". Bueno, Linda and Levi were the perfect hosts all right—they had Schlitz *and* Coors, and they kept varying the jams también. Por eso la Linda tocó un disco de Prince, pos quizás a la pandilla de Burque le cuadraba ese joto. Luego escogió una canción de Tiny Morrie, "Por el amor a mi madre voy a dejar la parranda", y todos los locos de San Gabriel se aventaron bailando una polca. And for her cowboy cuñado and all the Tex-Mex freaks in the crowd, Linda put on Country Roland García que cantaba "El Corrido de Gabino Barrera", nomás que the way Country Roland sang it, old Gabe sounded like a redneck out of Waco, Texas.

Justo cuando Easy había decidido salir pa'fuera a echarse ese toque, la Linda al fin tocó un buen disco, an Antonio Aguilar album, y ahora que el Tony padecía otra traición de las "mujeres ingratas" who always seemed to be fucking with his head, Easy se figuró que ya había llegado el momento para borlotear. Al cabo que los moscos afuera estaban muy malos, pos the only way you could even stand to be outside was if you stayed right in front of the smouldering piles of estiércol Levi had placed around the yard. Bueno, so Easy scoped out the garage donde había más parejas que "Bingo Night" en la sala de los Caballeros de Colón. Well, there was *one* promising güerita sentada allá con los de Burque. De modo que Easy hitched up his levis manchados y se dirigió a la güisa, slow and easy.

—¿Qué pasa? —Pausa. Hay que darle la oportunidad de medirle con la vista—. ¿Quieres bailar?

La rubia sonrió y dijo, – Surc—. But, as soon as she

stood up, también se paró un hombre gigante de seis pies y quién sabe cuántas pulgadas.

—Hey, dude —gruñió, mirando a Easy con ceño desde la estratosfera—, she's my wife and I dance with her first!

—Bueno, bro, no hay pedo—it's cool, ése —dijo Easy, retirándose a su silleta en la mesa and watching the couple fight like...pos, como unos casados. Bueno, como el dicho dice, "El que se casa por todo pasa". Pero lo que Easy no podía figurar was where that fucking Viking had come from anyway—pos, Easy había pensado que el bato estaba parado cuando, en realidad, he had been sitting down all the time.

Bueno, ya estufas para Antonio Aguilar y "Sin sangre en las venas". Otra güera muerde el polvo. Así es la vida, mano.

Que friega, ése. Quién sabe si no fuera mejor pelarse—it was gettin' late anyhow. Al cabo que él debería echarle un telefonazo a la Chata. A ver qué estaba haciendo mañana. Maybe she'd cooled down a little by now. Bueno, él le podía dar una madera de como la echaba de menos. Nomás que he wasn't going to apologize—pos al fin y al cabo, él no había hecho ningún mal.

Pero eso era exactamente lo que ella iba a querer, pensó él—that's what she *always* wanted when she got pissed. Pero en esta vez no—ahora él no le iba a dar la satisfacción. Of course, he could *pretend* to be apologizing when he really wasn't.

And what if she wasn't even at the chante? Pos ¿en qué otra parte estaría? Yeah, he'd better split and check up on her. No podía uno trostear a las solteras, menos si ya no eran vírgenes—he oughta know.

Pero en ese momento who should tap him on the shoulder but Debra. ¿No quieres bailar conmigo? —preguntó.

—¿Cómo no? —respondió Easy. Al cabo que el Archy no andaba en el garage—quizás había salido a mearse. Bueno, and Debra was pretty good—too damned smart, pero chulita de todos modos.

Y güera también.

El Santo Queso

1

Fue un caso de fuerza mayor. Pues ¿cuál otro modo de explicar la aparición de un halo por encima de la cabeza de Amos "el Queso Candidate" Griego en el anuncio político que se publicó en el periódico *Río Bravo Times*?

Pero pocos fueron los ciudadanos del valle dispuestos a creer que el candidato al cuerpo de educación de San Gabriel había recibido la aprobación del Todopoderoso; en efecto, las "Madres Marchadoras" hasta reclamaban que Griego era el mero diablo. Estas madres habían comenzado a "marchar" después del nombramiento del mismo "Queso Candidate" a llenar un vacío en el cuerpo de educación. Emily Wolf, dueña de una tienda de deportes, y Sue Weaver, viuda del miembro del cuerpo de educación cuya muerte había creado el vacío en dicho cuerpo, habían fundado la organización de madres que ya estaban hasta la coronilla de toda la política en las escuelas públicas.

Hacía más de dos décadas que Ferminio Luján—o el "Primo Ferminio" como mejor se conocía—había domado la vida política del condado de Río Bravo. El Primo había empezado su vida de "servicio público" como el alguacil mayor del condado. Desde entonces había consolidado poder en la manera clásica, concediendo favores y negándolos, hasta que se había atrevido a reclamar en una entrevista con el *Río Bravo Times:* —No hay familia en todo el condado que no esté en deuda conmigo.

Bueno, no sólo las familias humildes debían favores al Primo sino también los meros miembros del Congreso de los Estados Unidos, pues hasta el senador más poderoso necesitaba los votos que el Primo le entregaba, votos que muchas veces significaban la diferencia entre truinfo y derrota. Con los legisladores enfrenados y los jueces y oficiales de la ley enganchados, al Primo no le faltaban más que las escuelas municipales para domar (y, desde luego, los cuatrocientos trabajos controlados por el cuerpo de educación). Y sí, el Primo se apoderó de las escuelas también cuando hizo los arreglos para que su hijo mayor, Vicente, ganara un puesto en el cuerpo de educación.

Así que durante los últimos años la "Máquina Luján" había corrido murre suave, pegando en ocho cilindros como quien dice, pero luego ese ingenio se había ahogado cuando Lester Weaver fue elegido al cuerpo de educación. Este dueño de una compañía de seguros había desbaratado la mayoría que la Máquina había conservado por años en la junta ejecutiva. No era por nada que año tras año Weaver les ganaba a todos los demás agentes de seguros en el norte de Nuevo México a pesar de que el condado de Río Bravo tenía la más alta tasa de desempleo del estado. Pues, era un tipo sumamente persuasivo como se llegaba a ver en las juntas del cuerpo de educación cuando Weaver lograba convencer a Geraldo Gonzales a que debía juntarse con él y el otro miembro anti-Luján, Miguel Fernández, así derrotando cada proposición que Vicente Luján presentaba.

No cabe duda que el Primo había castigado a Geraldo Gonzales, comenzando con la investigación de unos préstamos sospechosos que Gonzales había conseguido para financiar su negocio de vender casas movibles, "Sangre de Cristo Mobile Homes Sales". Aunque el mismo Primo le había ayudado a Gonzales a conseguir esos préstamos libres de interés del banco que él gobernaba como presidente de la junta ejecutiva, ahora el patrón había soltado los lobos de la oficina del procurador general para que royeran los huesos de su aliado traidor.

Pero resultó que el Primo no había tenido que lidiar mucho con Lester Weaver ya que el pendejo había tenido la bondad de firmar su propia sentencia de muerte. Pasó durante las vísperas del año nuevo, a las meras doce de la noche cuando todos los machos de la vecindad andaban afuera disparando sus pistolas y "shotegones" para matar el año viejo. Los huéspedes que asistían a la fiesta anual de los Weaver se encontraban sonando sus trompetillas de papel, compartiendo besos alcohólicos, y echando brindis tras brindis al año tierno, pero Lester Weaver y Laurie McFerson, esposa de Hank McFerson, el compañero de negocio de Weaver, gozaban una celebración secreta y ardiente—basta decir que no cantaban "Auld Lang Syne" detrás de la puerta atrancada de uno de los tres baños de la casa gigante. Cuando le toca a uno le toca, decían los viejitos de antes, y seguro que a Lester ya le tocaba porque cuando empezaron a tirar balazos afuera, él se asomó a la ventana del baño al mismo momento que una bala extraviada pasó por ella. Bueno, la bala también pasó por la aorta de Lester Weaver, y aunque lo llevaron a toda prisa al Hospital Presbiteriano de San Gabriel, el pobre llegó muerto.

Unos reclamaban que el Lester había recibido lo

merecido por haber sido un adúltero tan atrevido, pues había muy pocos que no sabían de "Lester y Laurie", por menos entre la bola que frecuentaba los centros de mitote de la plaza, el Restaurante Cowboy Family, la Cantina Mexican Image, el Café Chuckwagon, y la Barra Saints and Sinners. Los que estaban opuestos a la venta de pistolas—una verdadera minoría en el condado de Río Bravo—mantenían que el triste incidente probaba una vez más que eran las armas que mataban a la gente y no la gente que mataba a la gente, como decían los de la Asociación Nacional de Rifles. Pero a Emily Wolf no le importaba ni de la inmoralidad del difunto agente de seguros ni mucho menos de los argumentos a favor o en contra de la regulación de las armas—lo que sí le preocupaba a ella era el rumor que la Máquina Luján iba a aprovecharse de la oportunidad para restablecer su control sobre las escuelas públicas. Corría la voz de que Vicente Luján iba a nombrar a su cuñado, Amos Griego, para llenar el vacío en el cuerpo de educación.

Por eso Emily Wolf y la viuda del difunto Lester, Sue Weaver, establecieron las "Madres Marchadoras". Las mujeres organizaron juntas de la comunidad en la sala de la Iglesia de Cristo Rey, levantaron fondos para conseguir a un abogado, escribieron cartas de protesta al Superintendente de la Educación Pública, Law rence DiLorenzo, se presentaron ante el Cuerpo de Educación del Estado de Nuevo México con un montón de peticiones, y desde luego marcharon por las calles, cantando, gritando y mostrando sus carteles anti-Luján. Uno de esos carteles que la misma Emily había pintado salió retratado en el *Río Bravo Times*. "El Zorrillo debajo de las Barracas se llama Luján" decía, cual letrero era una alusión a la acusación que Tommy, el hijo de la Emily, había hecho en una reunión de más de cuatrocientos residentes de San Gabriel.

El Tommy, presidente de la clase de "seniors" y uno de los mejores jugadores de fútbol, básquetbol y béisbol en San Gabriel High School, se había parado delante de la multitud para denunciar la condición tan deplorable del jáiscul. Había innumerables ventanas quebradas en el gimnasio, dijo, y nunca había agua caliente en los baños de la cámara para vestirse, y los uniformes de los "San Gabriel Demons" eran tan gastados y trapientos que los demás equipos de la conferencia se burlaban de los pobres demonios rotos. Además de eso, había seguido el Tommy, las aulas estaban para caerse, con calentadores que no funcionaban, luces con la mayor parte de los globos quemados ya hacía años, y baños tan puercos que hasta miedo le daba a uno entrar. Muchos estudiantes, dijo, tenían que asistir a clases en unas barracas decrépitas que servían como hogar para varias familias de zorrillos. —¡A ver si ustedes pudieran concentrar en la lección de historia con aquel hedor! —gritó el joven a una salva estruendosa de aplausos.

La oración de Tommy Wolf provocó indignación general en el valle de San Gabriel, así que hasta más gente llegó a la junta de la siguiente semana cuando los Lujanes iban a nombrar a Amos Griego para un puesto en el cuerpo de educación. En efecto, había tanta gente—novecientas personas, según el *Río Bravo Times* —que tuvieron que mudar la junta al gimnasio. A pesar de que las Madres Marchadoras habían venido por sangre—la sangre de los Lujanes—Vicente Luján, el presidente del cuerpo de educación, logró mantener su porte imperioso, arrogantemente informando a Emily Wolf que visto que las Madres no habían hecho la aplicación requerida para que aparecieran en la agenda oficial de la junta, cual aplicación tenía que estar registrada en la oficina del superintendente de las escuelas municipales una semana antes de la fecha de la junta a más tardar, pues no podrían hacer una presentación hasta que el cuerpo de educación terminara su negocio. Y cuando la Emily pretendió hacer una objeción, el Vicente le dejó con la palabra en la boca mientras que él seguía hablando las abogaderas que parecían brotar de su boca como un chorro inagotable.

Cuando al fin dejaron hablar a la Emily, la mujer enfadada puso el grito en el cielo, declamando que el cuerpo de educación era una gavilla de puros lambes y vendidos. Mientras que ella seguía su arenga, los miembros sentados debajo del aro de básquetbol se hundieron en sus sillas como tantas tortugas queriendo retirarse adentro de sus conchas—es decir, todos menos el Vicente que permaneció absolutamente derecho en una postura soberbia. Cuando la Emily y sus compañeras al fin acabaron con sus oraciones, el Vicente volvió al micrófono a lanzarles una invectiva igual de amarga.

—Muy estimados vecinos y vecinas, estas mujeres les han hablado mucho de "la gente". Pues, ya me tienen hasta aquí con esta cortina de humo—no nos engañemos, mis queridos amigos, es una pura fantasía. ¿Qué saben de "la gente" estas señoras que nunca han salido de Fairview Heights? Díganme—¿dónde están las madres que viven en Cañoncito, o en la Canova, o la Cuchilla? Hay cientos de lugares en nuestro distrito que estas "madres" ni conocen, pueblitos como el mío y los suyos. ¿Qué van a saber estas "jaitonas" de nuestra gente tan orgullosa que ha estado aquí hace más de tres siglos, luchando para hacer la vida?

—¡Aquí tienen delante de ustedes un hombre que sí conoce a nuestra gente, un buen vecino que ha pasado la vida luchando junto con ustedes para mejorar la

36

vida de nuestros hijos e hijas! ¡Sí, Amos Griego, un hombre formado por esfuerzo propio, un hombre orgulloso de su familia, de su cultura, y de su comunidad!

Con eso el Amos se levantó y se dirigió al podio, acompañado por un coro de chiflidos irrisorios que el Vicente contestó con repetidos mazazos en el mismo podio. Cuando el tumulto al fin se disminuó, Amos "el Queso Candidate" Griego se puso a defenderse.

—¡Todo lo que les pido es que me den una chanza, que me den la oportunidad de usar este libro para servir a ustedes y a nuestros hijos! —gritó, alzando una biblia, la misma biblia, dijo, que su papá le había regalado antes de morirse.

"El Rey Griego"—murmuraron todos en el gimnasio como en una voz, porque asina se había llamado el difunto padre de Amos. El carpintero jubilado había recibido ese sobrenombre ya viejo cuando él se había hecho un gran "maestro" de las escrituras. "El Rey Griego" nunca se cansó a decir a todos los que podía arrinconar en la estafeta o la barbería que él era un descendiente de los meros reyes de Israel. Y cuando "el Rey Griego" se murió de un ataque al corazón y el padre Ramón pronunció que se descansara en paz, no cabía duda que el cura también iba a poder "descansar" un poco ya que "el Rey Griego" no podría interrumpir los sermones para corregir sus interpretaciones de los evangelios.

Amos Griego también interpretó un verso de la biblia aquella noche delante de las Madres Marchadoras y los novecientos espectadores enrabiados cuando leyó de la Segunda Carta del Apóstol San Pablo a Timoteo:

—Haz todo lo posible por presentarte delante de Dios como un trabajador aprobado, que no tiene por qué avergonzarse, que usa debidamente el mensaje de la verdad.

—¡Aquí tienen la verdad! —declaró, volviendo a alzar la biblia—. ¡Y la verdad es que yo voy a pelear día y noche para que no haiga política en nuestras escuelas!

De suerte que era invierno porque si el Amos hubiera dicho eso durante la cosecha seguro que las Madres Marchadoras le hubieran dado con tomates y melones podridos. En lugar de vegetales, le lanzaron tantos gritos de mofa que le cortaron la palabra. Pero de todos modos el Amos no tenía más que decir y quizás no ha vuelto a tener las ganas de hablar, pues durante los dos años desde su nombramiento al cuerpo de educación él se ha quedado sentado en las juntas como un zonzo con los labios bien pegados. Claro que no ha sido necesario que diga mucho—todo lo que ha tenido que hacer es votar lo mismo como el Vicente. Miguel Fernández, el único miembro del cuerpo de educación opuesto a la Máquina Luján ahora que Geraldo Gonzales se ha "enderezado", al fin se agüitó con el "Queso Candidate" y, después de escuchar otro discurso largo e incomprensible de Vicente, desafió públicamente a Amos, exigiendo que él diera su punto de vista, su opinión acerca del propósito que Vicente había acabalado de exponer. El Amos nomás abrió los ojos que casi siempre se le quedaban medios cerrados como si fuera soñando despierto, y contestó en un tono plenamente sencillo: —Yo digo lo que dijo el Vicente.

Cuando la risa del auditorio al fin cesó una risada estrictamente limitada al periodista del *Río Bravo Times* y unos cuantos individuos de la comunidad ya que los maestros, principales y otros empleados de las escuelas públicas habían aprendido desde hacía mucho cómo tragar la risa cuando era necesario— Miguel Fernández siguió adelante, diciendo a Amos que si era verdad que él nomás estaba "diciendo lo que dijo el Vicente", entonces ¿qué dijo el Vicente? Otra vez el Amos respondió con una observación tan cándida que uno no podía juzgar si fuera motivada por necedad u honestidad. —No entiendo todo —dijo— pero algo masco.

Ahora que su término de dos años se había acabado y el Amos realizaba una campaña para su propio puesto de seis años en el cuerpo de educación, Emily Wolf y las Madres Marchadoras también habían hallado "algo para mascar", pues otra vez se encontraban marchando por las calles, trabajando por la derrota de Griego en la elección que aproximaba. En las manifestaciones y conferencias de prensa, las Madres recordaban al público que todo lo que habían pronosticado hacía dos años había llegado a suceder. Había más política que nunca en las escuelas. La condición de los edificios se había desmejorado igual que la calidad de la educación que sus hijos recibían en esos edificios tan viejos y descuidados. En efecto, la única cosa que se había mejorado era la oficina del superintendente de escuelas, Josué García, un funcionario de la Máquina Luján y un aliado notorio del Primo Ferminio. El superintendente no había aprobado la adquisición de ningún libro de texto durante los últimos dos años pero sí había ordenado la renovación total de su oficina. Y lo peor de todo—la Emily se quejaba—era que la habían decorado con muebles mercados de la mueblería del mismo Amos "el Queso Candidate" Griego.

2

A traves de los años, los Lujanes se habían acostumbrado a sufrir ataques en la prensa, pero este último esfuerzo a manchar el honor de la familia pasaba de la raya. Ahora Emily Wolf—o "la Loba", como los de la Máquina apodaban a la gringa atrevida—había hecho el cargo por la radio que Amos Griego había estado advirtiendo a los ancianos del condado que los que no votaban bien correrían el riesgo de perder el queso gratis que el gobierno repartía entre la gente necesitada. Aunque todo el mundo le comenzó a decir "el Queso Candidate" después de eso, el Amos se resistió a responder a la acusación; sin embargo, su esposa Mela, la única hija del Primo Fermino y, según el parecer de muchos, la que llevaba los pantalones en la familia, se echó encima la responsabilidad de defender a su marido callado. Hasta se tragó el orgullo y se entrevistó con el *Río Bravo Times* pese a que no podía ver a Bill Taylor, el editor que en tiempos anteriores había crucificado a ella en un editorial que había escrito sobre el programa de los Fondos para los Indigentes que la Mela administraba. Aunque esos fondos públicos eran designados para ayudar a los pobres con sus cuentas del hospital, la Mela aprobaba aplicaciones solamente cuando iba a haber una elección, quizás para también ayudar a los pobres decidir cómo votar. Desde luego, uno no tenía que ser tan "indigente" para poder recibir remuneraciones del programa, a menos que se pudiera considerar el vicepresidente del Banco Nacional de Río Bravo como un pobre, porque su nombre apareció en el periódico junto con los de varios jueces, policías, oficiales de la plaza, comisionados del condado, y otros miembros de la Máquina Luján que habían colectado dinero del programa para los indigentes.

Pero este nuevo chisme del queso, pues además de ser "falso", era "ridículo" también—ésas eran las palabras que la Mela había escogido cuando habló con el reportero del *Río Bravo Times*. —Este programa del queso no es de los Lujanes —la Mela había declarado—, es del presidente—el mismo presidente que ha hecho a los ricos más ricos y a los pobres mucho más pobres. Pues, a los millonarios les ha regalado recortes de impuestos, y a los pobres nos tira un pedacito de queso. *Ahi* es donde deben buscar el abuso de autoridad, en la Casa Blanca, y no aquí en este condado tan pobre.

Pero los residentes de San Gabriel sabían que no había necesidad de salir del valle para hallar muy suficiente corrupción en el sistema político, es decir estaban de acuerdo con Emily Wolf cuando insistió que el Amos andaba usando ese "queso de Reagan" para meterles miedo a los pobres ancianos del condado. La Emily había hecho esa acusación por primera vez en el programa de Filogonio Atencio, "el Swap Shop del Aigre". El programa que salía todos los sábados a las nueve y media de la mañana era, sin duda alguna, el más popular de Radio KBSO, no sólo porque la gente siempre se interesa en mercar el garrero del vecino sino también porque Filogonio Atencio había convertido el "flea market" del aire en un programa divertido de filosofía, folklor y sabiduría popular. El Filogonio era un tipo con la lengua bien suelta, pues le gustaba mucho platicar con la gente, preguntándoles sus opiniones, escudriñando sus pensamientos, y desafiando sus ideas.

Como cabe suponer, la mayor parte de los que llamaban "el Swap Shop del Aigre" no tenían mucha gracia para hablar, pero el Filogonio sabía cómo dirigir la conversación para que los radioescuchas se quedaran divertidos, si fuera con un chiste o un dicho atinado, porque sí sabía un montón de refranes populares igual que adivinanzas. Algunas veces hasta soltaba cantando como por ejemplo cuando alguien vendía un automóvil gastado y el locutor loco terminaba la

41

conversación con un verso de la canción, "Mi Carrito Paseado":

> Tiene dos "fenders" ladiados
> Y los "tires" bien gastados—
> Tiene techo de cartón.
> Tiene roto el "radiator"
> Descompuesto el "generator"—
> Se quebró la transmisión.

De vez en cuando recibía un telefonazo de una persona realmente estrambólica, y entonces todo lo que el Filogonio hacía era dejarlo charlar, lo mismo como había hecho cuando Abel Valerio, un ranchero de El Rito de los Pinos, había telefoneado para vender todo su hatajo de animales—sus vacas, becerros, toro, vaca de leche Jersey, y hasta sus permisos de la floresta. Después de haber pasado toda la vida en el rancho, el Abel ya se daba por vencido. —Tienen al ranchero bien fregao —dijo él, explicando que cada año ganaba menos con los animales y la cosecha, pero los gastos que tenía que hacer nunca dejaban de subir—especialmente esos "malvaos permisos" que uno tenía que pagar para pastar el ganado en la floresta, la misma floresta que los antepasados de Abel habían compartido libremente antes de que los "ojos claros" vinieran a jambar toda la tierra.

—No me importa lo que digan —declaró el ranchero disgustado—. Tengo setenta y ocho años cumplidos y yo digo que Tijerina tuvo razón. Pero nojotros semos una bola de puros pendejos, mano. ¿Por qué, no nos juntamos con Tijerina—todos nojotros los rancheros? —por, antonces pueda que hubiéranos recobrao la tierra. Los ejidos pertenecen a nojotros, asina como dijo Tijerina, y no a esos guardias mocosos. Pero

42

¿cómo hicimos con Tijerina? Pos, nos hicimos nalga, manito, y mira nomás cómo nos quedamos—¡más fregaos que nunca!

los órganos en la misa negra, mientras que otros echaban la culpa a extraterrestres.

Pero Abel Valerio ofreció una teoría distinta y com-Nuevo México que durante los últimos años había dejado su hatajo severamente reducido. Nadien sabía quiénes eran estos malvados que llegaban de noche para mocharles los órganos reproductivos a los pobres animales. Algunos opinaban que los mutiladores debían ser devotos de algún culto satánico que utilizaba los órganos en la misa negra, mientras que otros echaban la culpa a extraterranos.

Pero Abel Valerio ofreció una teoría distinta y completamente original aquella mañana en el programa "el Swap Shop del Aigre" cuando dijo que, a su parecer, "esos mutilators" tenían que ser científicos de Los Alamos que volaban por las montañas en helicópteros silenciosos, haciendo sus experimentos extraños. Cuando el Filogonio le preguntó por qué creía que los científicos de Los Alamos se paseaban por la noche sacando los órganos del sexo de vacas y toros, el Abel le contestó que lo tenía "todo figurao". El público todavía no lo sabía, dijo, pero esos científicos habían causado un accidente algo parecido a lo que había pasado en India—pues, habían contaminado toda la sierra del norte de Nuevo México con una nube invisible de radiación.

—Andan haciendo eso a los animales porque quieren chequiarlos por "radiation"—el Abel continuó explicando como si fuera tan claro como el agua—. Pos, por eso quitan el ojete, mano—por ahi tiene que pasar toda la cagada contaminada.

43

Otra persona preocupada por la contaminación radioactiva era Frances Tapia, una mujer grande del Pueblo de San Pablo, uno de los tres pueblos de indio que confinaban con la plaza de San Gabriel. Ella llamó "el Swap Shop del Aigre" una mañana con unos perritos para dar, pero pronto se dio cuerda y empezó a hablar de un pleito que ella y la mamá de los cachorros, una chihuahua de tres años que se llamaba Nyoka, habían entablado en el Tribunal Superior en contra del presidente de los Estados Unidos. —Sí, hice "sue" al presidente pa'que no siga haciendo tantas bombas. Y puse a mi perrita porque esas bombas van a acabar con los animales de este mundo también. Pos sí —vete a la casa de corte y ahi verás la huella de mi Nyoka debajo de mi firma.

Cuando el Filogonio, como era su costumbre, le preguntó a la india cuál era el motivo de sus acciones, la Frances le contestó sin hesitación. —Después de vivir por treinta años en la sombra de Los Alamos, pos sabía que ya había llegado el momento pa' tomar las riendas, ¿entiendes cómo? No soy una loca—el loco es aquel viejo tan tonto que tenemos ahora en la Casa Blanca. Está viviendo en el siglo pasado—pos, el pendejo todavía piensa que puede ganar una guerra mundial.

El Filogonio por su parte no sabía si fuera posible ganar una guerra mundial o no. Tampoco sabía si la Frances había hallado a un adoptante para la cría de la perra antinuclear. Claro que él no podía mantenerse en contacto con todos sus llamadores ni mucho menos podía aceptar responsabilidad por los tratos que la gente hiciera o no hiciera. No obstante, cuando el Filogonio se enteró de lo que le había pasado a Dora Toledo, sí se sintió forzado a hacer algo.

La Dora, una mujer divorciada de mediana edad que

vivía en Otowi, uno de los cientos de pueblitos del condado de Río Bravo que, según el parecer de Vicente Luján, las Madres Marchadoras ni conocían, llamó "el Swap Shop del Aigre" con un carro para vender. Le dijo a Filogonio que era un Pontiac Sunbird del año 1981, colorado con un interior negro, con buenas llantas y menos de cincuenta mil millas, y que lo vendía "muy barato". Por supuesto, la Dora dejó de decir que el carro también estaba embrujado.

De mala gana había llegado a esa conclusión pero no había modo de desconocer la prueba terrible. El mismo día que compró el carro, la Dora tuvo un accidente. Apenas salía de Joe Romero's Oldsmobile-Pontiac-GMC Sales and Service—"Your Little Car Dealer with the Big City Deals"—cuando un joven en una troca Ford se chocó con el coche nuevecito. En los cuatro años desde entonces, la Dora había tenido no menos de once accidentes en el carro. Además, durante ese mismo periodo, se habían muerto su papá, su mamá, dos hermanos, y su tía favorita. Claro que no compartió toda esa información con el hombre que llegó esa misma mañana para comprar el Pontiac, pero no le hubiera importado a Nazario Serrano de todos modos, pues ¿cómo diablos iba a dejar un trato tan bueno? Al cabo que ya que se había metido de político, pues iba a necesitar un buen carro usado para poder viajar a los cientos de pueblitos del condado de Río Bravo donde vivía la gente que no se vendía por un pedacito de queso. Sí, Nazario Serrano, un ingeniero que trabajaba en el Laboratorio Nacional de Los Alamos, había decidido oponerse a Amos "el Queso Candidate" Griego en la elección al cuerpo de educación. Pero ni el apoyo de Miguel Fernández ni todos los esfuerzos de las Madres Marchadoras pudieron salvar a Nazario Serrano ya cuando subió en aquel carro endemoniado.

Unas cuantas semanas después, el Nazario andaba manejando su carro a una junta del Rotario en el Restaurante Cowboy Family. Aunque se le había hecho tarde, el Nazario trataba de cuidarse porque sabía que era la víspera del Día de Todos los Santos cuando la plebe estaría en las calles disfrutando sus fiestas de disfraces y pidiendo sus "trick or treats". Pero ¿cómo demonios iba a esperar que una perra se lanzara delante de él, y no cualquier perra del barrio sino la mera codemandante de un pleito en el Tribunal Superior? Pues, evitó trompear a la perra famosa de Frances Tapia, pero tal vez le hubiera salido mejor a Nazario haberle hecho chicharrones de la Nyoka, porque cuando viró el Pontiac para un lado del camino, las brecas chillando y las llantas pintando dos rayas negras en la brea, atropelló a unos jóvenes cruzando la calle. Aunque estos muchachos eran poco maduros ya para andar pidiendo dulces, no cabía duda que el Nazario había pegado a uno de ellos, o mejor dicho, a la silla de ruedas de uno de ellos porque eso fue lo primero que vio cuando se apeó del carro bien cagado de miedo—una silla de ruedas volcada, la rueda de arriba aún dando vueltas ineficaces en el nada. Antes de que el Nazario pudiera encontrar a la persona que había sido el dueño de la silla tumbada, una chamaca de cabello largo le gritó: —¡Mira qué hicites! ¡Mira lo que hicites por salvaje!

Entonces el Nazario sí miró lo que había hecho y se le metió el hielo a la sangre porque allí había una joven tendida en la calle. —Pero...¿sus piernas? —dijo el Nazario con la voz anudándosele porque las luces de su

automóvil embrujado revelaron que a la chica le faltaban no una sino las dos piernas.

—¡Sí, sus piernas, pendejo! ¿Qué has hecho con sus
piernas? —la chamaca enrabiada siguió gritando a
toda voz. Mientras tanto, Virginia Flores casi se re-
ventaba de la risa, no sólo porque no se había lastimado en la caída sino también porque ella nunca había
tenido esas piernas que el manejador del carro buscaba
ahora mientras que daba unos alaridos pero desespe-
rados.

La Virginia era hija de Urbán Flores, un verdadero
loco que se conocía por el sobrenombre "el Inventor"
porque se dedicaba a inventar cosas aunque los resolaneros del pueblo reclamaban que lo único que inventaba era patrañas. Sea como sea, su hija Virginia, que
había nacido sin piernas, nunca había dejado que la
deformidad la convirtiera en una ermitaña del mundo,
paralizada tanto por la tristeza como por la inhabili-
dad. Todo lo contrario. Ella era una joven animada de
un carácter vivo y afectuoso, una de las más populares
escoleras de San Gabriel High School. Además, era
muy activa y no había ningún tipo de actividad física
que ella no se atrevía a hacer. Nadaba, jugaba al básquetbol, al vólibol, y hasta se metía a "bowling" en
Tewa Lanes en el Black Rock Shopping Center. Pero
la mayor pasión de su vida era los caballos. La Virginia vivía por los caballos, y por medio de una silla
especial que su tata le había inventado para cincharla
de un modo firme y seguro, la chica sin piernas se pa-
seaba a caballo cuando le daba la buena gana.

Una de las pocas cosas que le cuadraba igual que
trotiar su tordillo por el bosque era gastar bromas pe-
sadas, y no cabía duda que éste había sido un engaño
de primer premio. Puede que algún día les diera lástima con este hombre que merecía sufrir por haber esta-

do arreando tan malamente en esta noche de Halloween cuando la muchachada andaba las calles—pues, él pudiera haber matado a alguien con esa carrucha. Cuando las chamacas al fin se cansaron de la burla, la Becky levantó a la Virginia, la asentó de nuevo en su silla de ruedas, y le confesó al hombre fuera de sí de temor que todo este alboroto había sido nada más que un bromazo. Pero a pesar de que la Virginia le aseguraba a Nazario Serrano—aunque entre carcajadas ingobernables—que todo estaba bien, que no se apenara porque ella no pudiera haber perdido las piernas cuando jamás las había tenido, el candidato se quedó acongojado—¡qué!—bien destornillado permaneció el pobre que había perdido algo más esencial que las piernas: a saber, la calma. No es que se volvió loco de un día para otro; el Nazario sí entendía que las dos jóvenes habían tratado de convertirlo en un hazmerreir, pero no era capaz de recuperar su equilibrio mental. Luego, Dora Toledo, que había leído el reporte del accidente en el *Río Bravo Times,* telefoneó a Nazario y le platicó toda la historia enredosa y espantosa del coche endemoniado, cosa que le dio aún más congoja al pobre que ya acababa una botella de vodka diariamente. Bien sabía que el carro embrujado también podría acabar con él, pero el Nazario no podía vender ese instrumento del diablo a algún inocente—pues, ni regalarlo podía sabiendo lo que sabía. No, lo que el Nazario quería hacer era rodarlo por el cañón del Río Bravo, pero no lo hizo porque su hijo se entremetió.

José Climaco Serrano, o "Joe Chamaco" como todo el mundo le decía, era un veterano de la guerra de Vietnam que aún vivía con sus padres. Nomás soltó la risa cuando su jefe le pidió que consiguiera dinamita de su cuate de la guerra, aquel Eluid Rendón que había sido un experto de demoliciones, porque el Nazario quería volar su Pontiac embrujado derecho al infierno. Pero el mismo Joe Chamaco había morado una temporada en el infierno—el infierno de Vietnam—y ¿cómo diablos iba a tener miedo de un chingao carro habiendo compartido la trinchera con la mera Huesuda? —Si quiere quitárselo de encima, pos démelo a mí —le dijo al viejo con una sonrisa ancha. El Nazario, por supuesto, se rehusó a entregarle las llaves a su hijo, pero el Joe Chamaco nomás soltó la carcajada y se las quitó para pintarse en su nueva ranfla.

Sabrá Dios por qué se le metió en la cabeza tirar el "cruise" por la laguna helada del Gary Lucero Memorial Park esa misma tarde. Puede que fuera a causa del "toque" que el Joe Chamaco se había echado, a tal vez la seis de Bud Light que también había acabado, rompiendo todas las botellas en la "piedra negra" del Black Rock Shopping Center, el centro comercial que quedaba enfrente del parque. Su jefe dijo que el accidente había pasado por culpa del carro embrujado desde luego, pero la mera verdad era que el Joe Chamaco había arreado por el hielo porque era medio zonzo, pues era la misma estupidez que también motivaba a la gente a que pintara esa famosa "piedra negra".

Nadien sabía cómo la "piedra negra" había llegado a estar donde estaba aunque algunos opinaban que provenía de un volcán de la sierra Jémez que se voló en tiempos primordiales, dejando un gran hueco en el monte que hoy día se conoce como el Valle Grande. Lo cierto era que los viejos más viejitos reclamaban que los ancianos más ancianitos que ellos habían conocido decían que el peñasco negro siempre había estado allí entre la laguna y el camino. Por eso, cuando el empresario Joe Frye, o "José Frito" como los burlones de San

Gabriel le decían, arregló un contrato de arrendamiento de noventa y nueve años con los indios del Pueblo de San Pablo para construir su centro comercial, decidió dejar el peñasco en su lugar. No hizo más que cercarlo con un cerco "chainlink" ya que Bill Taylor había sugerido en un editorial del *Río Bravo Times* que Frye debería cambiar el nombre del centro comercial de "Black Rock" a "Graffiti Rock" por causa de todas las inscripciones y vulgaridades que la gente había pintado en cada pulgada de la piedra venerable. Ya el peñasco tenía más nombres que el mero "Inscription Rock" en el Morro sólo que en lugar del nombre de "Juan de Oñate" aquí se hallaban las firmas de "Chango", "la Chepa", y "los Homeboys". Además de construir el cerco alto, Frye también borró el graffiti con varias capas de tinta negra. Pero no se dio cuenta que a los "artistas populares" no hay cosa que más les cuadra que un lienzo limpio y virginal, así que en un abrir y cerrar de ojos, un bato desconocido y bastante travieso rompió el cerco tejido y dejó una inscripción en letras blancas y grandes suficientes para que las alcanzara a ver la viejita más ciega del valle: "JOSE FRITO SUCKS COCK".

Como era de esperar, Frye no se tardó mucho para volver a pintar el peñasco, y hasta consiguió a un vigilante de Khalsa Security Inc., un servicio de seguridad privada manejada por la comunidad de sikhs que quedaba al sur de San Gabriel, porque ya no se fiaba de los zafados de la policía que no hacían más que comer "donuts" en el Café Chuckwagon y tomar café en el Restaurante Cowboy Family. Pero ni los guardias ceñudos con los puñales en la cinta y los pañales en la cabeza pudieron resistir las fuerzas insuperables de la "cultura popular", así que en poco tiempo volvieron a romper el cerco y a desfigurar el pobre peñasco de todo tipo de graffiti. El José Frito al fin se rajó, dejando que la piedra negra se convirtiera en un monumento a la bajeza del pueblo y ni molestándose con quitar el cerco arruinado que con el tiempo fue atrapando hierbas secas, papel de desecho y cualquier otra porquería que el viento depositaba en las púas del alambre rompido.

Por supuesto, el Gary Lucero Memorial Park que quedaba detrás del Black Rock Shopping Center no era un modelo de belleza tampoco. El parque no era más que una sección del bosque a que todavía le faltaban los bancos de picnic, el campo de recreo, y el monumento a los veteranos de la guerra de Vietnam que los miembros del consejo municipal habían prometido construir cuando dedicaron el parque público a la memoria del héroe local, Gary Lucero, quien había "ofrecido su vida en la defensa de la libertad"—para usar las palabras que el mayor de San Gabriel proclamó aquel día con tanta facilidad. Lucero había sido un compañero de clase de Joe Chamaco cuando los dos habían jugado con el mejor equipo de básquetbol de toda la historia de San Gabriel High School, campeones del estado en la División AAA en el año de 1968. Desde luego a los vencedores valientes de la cancha de básquetbol nunca se les ocurrió en aquel entonces que John Wayne pudiera morirse antes de que terminara la película. El Joe Chamaco tan siquiera había tenido la oportunidad de desengañarse de esa mentira patriótica—Gary Lucero, en cambio, murió sin saber que se moría en vano.

Pero el Joe Chamaco ya no pensaba en la guerra porque bien entendía que el mucho pensar no era bueno, pues ahí estaba su mismo jefe que ya se había hecho un alcohólico. No, más sabe el diablo por viejo que por diablo, y el Joe Chamaco ya tenía suficiente edad para saber que lo mejor era gozarse de la vida—

"kick back and enjoy it, ése"—y ¡al diantre con las ansias! Sin embargo, hasta a Joe Chamaco le dieron ansias cuando el carro embrujado de su jefe rompió el hielo de la laguna no tan helada del Gary Lucero Memorial Park y se fue a pique como un barco torpedeado. Puesto que el Joe Chamaco había rechazado hacía mucho esa mierda del heroismo, de una vez abandonó su buque. Con todo, escapó de entregar el alma en las aguas refrías del lago.

4

Aunque Filogonio "el Swap Shop del Aigre" Atencio sabía, como todo el mundo sabía, que la joven que empujaba la silla de ruedas de la chica sin piernas en aquella noche de Halloween había sido Becky Gonzales, una hija ilegítima del mero Primo Ferminio Luján, le costaba trabajo imaginar que la Máquina Luján pudiera haber maquinado la cadena de sucesos que terminaron por sacarle de sus casillas al pobre de Nazario Serrano. Sin embargo, ya que la candidatura de Serrano se había convertido en una burla, el Filogonio se sentía un poco culpable, pues al fin y al cabo el Nazario nunca hubiera mercado el carro diabólico si no habría escuchado "el Swap Shop del Aigre". De modo que cuando Emily Wolf y las Madres Marchadoras empezaron a instar a Filogonio para que se metiera en la campaña en contra de Amos "el Queso Candidate" Griego, el locutor de radio tuvo que admitir que por años había acariciado ciertas ambiciones políticas. Pero aunque el Filogonio gozaba de gran popularidad entre los radioescuchas del valle, todos sabían que los Lujanes tenían muchos modos de ganar las elecciones, sea con votos comprados, votos robados, y hasta con votos milagrosos, es decir los votos de los muertos que desde luego siempre optaban por el candidato de la Máquina Luján. Y sí, otra vez hubo un "milagro electoral", sólo que en esta ocasión les resultó contraproducente a los Lujanes, tal vez porque este "milagro" se manifestó en las páginas del *Río Bravo Times*.

Como de costumbre, la Máquina Luján había llenado el periódico de anuncios políticos la semana antes de la elección, pues no podía uno ni voltear una página sin mirar la cara redonda de Amos Griego. Pero en una de las fotos había algo muy raro—algunos de los "old regulars" del Café Chuckwagon y el Restaurante Cowboy Family hasta pensaban que les engañaban los ojos—pero no era ninguna ilusión de óptica. Allí por encima de la cabeza del "Queso Candidate" había un gran halo luminoso.

Todos los resolaneros de la Cantina Mexican Image y la Barra Saints and Sinners tenían sus propias ideas para explicar cómo ese halo había aparecido—algunos echaban la culpa a Filogonio mientras que otros reclamaban que tenía que haber sido el mismo editor del periódico el que había saboteado el anuncio. Pero aunque Bill Taylor tal vez hubiera querido idear tal broma pesada, la verdad era que él no había tenido nada que ver con la aparición del halo en su periódico. En efecto, si él no se habría acostumbrado a reportar tales imposibilidades como la popularidad de los Lujanes más allá de la tumba, quizás Taylor hubiera declarado que el incidente había sido un milagro, ya que una investigación de las pruebas de imprenta reveló que el halo no estaba en la composición original del anuncio.

Pero hasta Taylor tuvo que creer en milagros cuando Amos "el Santo Queso" Griego (como los traviesos del pueblo lo habían bautizado después de la aparición del halo) perdió la elección. "LO IMPOSIBLE LLEGA A SUCEDER: ATENCIO GANA"—proclamaron los titulares enormes del *Río Bravo Times*. Y en el editorial de esa semana intitulado "Ha de Haber un Dios", Taylor galleó sarcásticamente: —A cada santo se le llega su día, dice el dicho, y a este santurrón de queso sí se le ha llegado su día de juicio.

Huelga decir que esa edición del periódico se vendió como boletos a la Resurrección, pero por algún motivo inexplicable, los Lujanes se han tragado los insultos de Taylor—es más, el Primo ni ha hecho fuerza de vengarse de "la Loba" y sus madres victoriosas. Hasta la Mela, una persona no muy mentada por su buen genio, ha sido fiel a su palabra y no ha tomado ninguna medida para terminar la entrega del queso gratis del gobierno.

Claro que se murieron tres viejitos de San Buenaventura, uno de los veintitrés recintos que el Amos perdió y no cabe duda que los tres fallecieron por resultas de haber comido un queso venenoso, pero nadien está dispuesto a dar mucha importancia a esa coincidencia trágica porque después de todo el queso que acabó con los ancianos no era el "queso de Reagan" sino un queso blanco hecho en una lechería pequeña que no pasteriza su leche. Es verdad que ni uno de los tres viejos fallecidos votó por Amos "el Santo Queso" Griego, pero echarles la culpa a los Lujanes por la presencia del microbio patógeno en el queso blanco fuera tan ridículo como conjeturar que el Primo Ferminio tuviera algo que ver con las mutilaciones de las vacas de Abel Vase le ha llegado su día de juicio.

Desde luego, esa edición del periódico se vendió como boletos a la Resurrección, pero por algún motivo

embargo, su perra Nyoka está para parir otra vez y espera buenos resultados tanto en la decisión del juez como en el parto.

Mientras tanto, Nazario Serrano sigue emborra-

Emily Wolf, por su parte, dice que las escuelas serían mejores si todos los miembros del cuerpo de educacción se echaran a la calle, incluso Filogonio "el un modo ingenioso para poder pagar su cuenta en la Cantina Mexican Image. Anda las calles colectando los jarros aluminios que la gente tira sin darse cuenta que está tirando puro dinero, y los vende en el Safeway, la tienda de comestibles del Black Rock Shopping Center. Todos los días llena un guangoche de jarros aplastados, así asegurándose de su botella diaria al mismo tiempo que agarra ejercicio y desempeña un servicio público. Por eso, toda la palomilla de la Barra Saints and Sinners dice que el Nazario hace más por la comunidad ahora limpiando las calles que lo que hubiera hecho en el cuerpo de educación.

Emily Wolf, por su parte, dice que las escuelas estuvieran mejores si todos los miembros del cuerpo de educación se echarían a la calle, incluso Filogonio "el Swap Shop del Aigre" Atencio. Pero son las Madres Marchadoras las que están otra vez en la calle organizando manifestaciones y distribuyendo peticiones para poder forzar una elección de revocación. Están demandando o la resignación o la expulsión de todos los miembros del cuerpo de educación por haber gastado fondos públicos de una manera ilegal cuando, en una junta secreta, aprobaron la compra de tres mil escobas de Amos Griego, el mero "Santo Queso". Hasta Atencio apoyó la decisión a comprar la trocada de escobas, suficientes para poder regalar dos a cada escolero, maestro, principal, secretaria y cocinera de todo el sistema. Ni que decir tiene que Emily Wolf y las Madres Marchadoras están hecho leonas por la traición del

"Judas del Aigre", como mientan a Filogonio ahora en sus mítines, pero los chismeros más filosóficos del Restaurante Cowboy Family y el Café Chuckwagon se encogen de hombros y observan que todos los hombres se pueden vender y que no hay nadien como el Primo Ferminio Luján para poder figurar el precio.

Los embusteros más grandes del pueblo

—Espérese un poco —el padre Ramón le interrumpió a doña Luisa—. ¿Qué no se confesó antes de misa?

—Sí —respondió la vieja—, pero se me olvidó una cosa.

Izque asina dijo doña Luisa la semana pasada, pero no es verdad. Lo dice el padre Ramón por embustero.

Pero sí es cierto lo que él platica del cura anciano que confesaba a los seminaristas en el Seminario de Nuestra Señora de Guadalupe. Estaba bien sordo el viejo y, como muchos que pierden el oído, hablaba en alta voz. Así que todos los seminaristas hincados en la capilla podían oír la voz del sacerdote sordo que retumbaba desde el confesionario: —¿CUANTAS VECES?

El padre Ramón dice que él tampoco sabe cuántas veces doña Luisa le habrá dicho que ella se está muriendo de cáncer, pero el padre no habla en serio cuando añade que la viejita tiene su propio ataúd guardado en su cuarto de dormir.

Doña Luisa, por su parte, sale con unas historias de los padres de vez en cuando también, como la del padre alemán que había sido el pastor de la Iglesia de Cristo Rey a principios del siglo. Aquel padre había llegado a Nuevo México sin saber ninguna palabra de español y, aunque aprendió mucho después, al principio cometía bastantes errores. Izque un domingo se paró en el altar para predicar y dijo: —¡La "munda" está perdida! ¡Las mujeres del "arroya" se acuestan con el "picado" y se levantan con el "picado"!

Eso, por supuesto, no es verdad, quiero decir el padre nunca habló del "picado"—de las mañas de las mujeres del "arroya", pues no sé nada.

Lo que sí se sabe es que a doña Luisa le cuadran los padres mucho, y no miente su hijo Archy cuando reclama que su madre tiene la más grande colección de rosarios de este lado del Río Mississippi. Pero es pura madera que doña Luisa los va a exhibir en la casa de la mujer de Lake Arthur que echó la famosa "tortilla milagrosa", una tortilla con la imagen chamuscada del Señor.

Aunque doña Luisa nunca ha ido a Lake Arthur, sí ha conocido el Mississippi, nomás que desde el aeroplano se veía tan chiquito que a la vieja se le hacía que era el Río Bravo que corre por su pueblito de San Gabriel. Su hijo Archy platica muchas historias del viaje que los dos hicieron a Michigan para visitar a su hermana que en aquel entonces vivía en un convento dominicano, y casi todas las historias son verdaderas. Es cierto, por ejemplo, que doña Luisa se rehusó a comer el "lonche" que le dieron en el avión porque estaba aferrada de que cobraban por él, pero no le dio hambre de todos modos porque la vieja había venido preparada con su paquete de bizcochitos y "craques".

Todo el mundo sabe que la hija de doña Luisa, la que era monja más antes, al fin salió del convento, pero es puro mitote que lo hizo por ser embarazada. Aquel chisme originó con mana Alfonsa, una lengona que vive al lado de doña Luisa. Como mana Alfonsa siempre tiene que meter las narices en los asuntos de los vecinos, todos le dicen "la Journal".

Pero no todo lo que dice "la Journal" es falso, aunque le gusta platicar puros escándalos. No miente cuando dice que la Pilar mató una planta que mana Alfonsa tenía en su sala, y es cierto que lo hizo con sólo pellizcar unas hojitas. Pero mas que tenga fama de ser una bruja, la Pilar no fue la responsable por el destrozo que hubo en el jardín de "la Journal". Ella misma acabó con todas sus matas—con sus rosas relindas y sus arbolitos de ciruela—cuando las curó con un herbicida. La verdad es que la pobre no sabe leer y pensó que la botella decía "fertilizer".

Ya que le entramos a la brujería hay que notar que don Herculano mantiene que no hay brujas, pero el marido de doña Luisa es tan embustero que uno nunca puede dar crédito a lo que dice.

Hacía a su hijo creer que había árboles de dulces, así que el pobre Archy sembraba todos sus dulcecitos cuando era chamaco. Por eso no hay que creer a don Herculano ahora que anda diciendo que las manzanas de su arboleda le hablan y sus duraznos saben cantar.

El que sí sabe cantar es el mismo Herculano quien era uno de los músicos más populares en los tiempos de antes y, según dice él, el novio más guapo también, aunque él pasa por alto todos los fracasos.

No hay que dudar la historia que doña Luisa platica de lo que pasó antes de que se casara con don Herculano. Izque un día su madre la llevaba en el bogue para ir al médico porque la Luisa había amanecido con una postemilla terrible. Tocó que el Herculano andaba paseándose por ahí y se topó con ellas. Cuando él se enteró de lo que estaba pasando, le dijo a la vieja:

—Señora, sabe que yo puedo curar a su hija. Tengo una virtud muy especial, pos fíjese que nomás beso al enfermo en la llaga y de una vez sana—. Pero la viejita, que estaba hasta más viva que el Herculano, le respondió: —¡Que güena suerte que me lo dijeras, hijo! Sabes que hace años que me molestan estas fregadas almorranas.

Aunque parezca chiste, la historia es verdadera, al menos según el parecer de Archy que dice que su abuela pudiera haber sido capaz de hacer eso y mucho más también. Cuando la vieja estaba agonizando en la cama, llamaba a su nieto con mucho cariño. "Vente pa'cá, hijito", izque decía. Pero tan pronto como el Archy se arrimaba, pues pégale la vieja con una muleta que tenía al lado de la camalta.

Sin embargo, también hay que acoger con reserva todo lo que dice el Archy porque él nomás llevaba su merecido ya que era un chamaquito de los más repugnosos. Pues, si no le cumplían todo lo que se le metía en la cabeza, se dejaba caer en ella—una vez hasta se subió en la noria cuando no le dieron un peso para ir al mono, y le gritó a su jefe: —¡Dámelo o me tiro pa'dentro!

Lo que le dieron, por supuesto, fue una buena nalgada, y desde entonces don Herculano jamás ha vuelto a creer las historias de su hijo, pues no cabe duda que las sigue componiendo. Ahora anda con el cuento de que unos hombres anduvieron en la luna, pero don Herculano sabe que la verdad es que sólo anduvieron en la televisión. Todo ese barullo es un engaño del gobierno, dice él, porque bien sabe que los políticos inventan mentiras para ganar votos, lo mismo como los padres crean ilusiones de la gloria para llenar las iglesias.

Pero no hay como el cuentista para platicar mentiras, pues sólo los escritores son capaces de creer en sus propias ficciones. Son los embusteros más grandes del pueblo, dice doña Luisa, y no miente.

Riesgos ocupacionales

Reclaman que hay gran trecho entre el dicho y el hecho, pero el cuentista debe haberlo atravesado ya, pues el pobre ni puede distinguir entre las ficciones que escribe y las tortillas que come mientras escribe un cuento de un cuentista comiendo tortillas.

El Damián se sonrió al leer la primera oración que había acabado de escribir en su nuevo cuento de un pobre loco como él, un cuentista tan encantado con sus cuentos que hasta los escribe entre sueños. En efecto, el Damián había soñado con este cuento de un escritor escribiendo el cuento de un escritor escribiendo un cuento. Tan pronto como despertó, se sentó delante del fogón de tierra para garrapatear en su cuaderno.

Pero apenas había escrito dos párrafos cuando tuvo que dejar el cuento para ir a lavarse los dientes. Mientras apretaba el tubo de pasta dentrífica Crest le dio otra idea para un cuento, así que el Damián dejó el cepillo con la pasta de dientes sin usar y volvió a escribir. Escribió la historia de un padre Ramón que está lavándose los dientes en una madrugada cuando le da un ataque al corazón. Se cae al suelo pero ya no es el suelo del baño sino el sendero a la eternidad. Lo curioso es que la vereda a la gloria no se diferencia del camino pozudo que conduce al Santuario de San Buenaventura. Hay basura por donde quiera—botellas quebradas, paquetes de "Pampers" usados, y hasta un perro muerto tirado en el arroyo. El padre Ramón levanta la mirada para ver un caballo negro con la figura de un hipocampo blanco delineado en el testuz y de golpe está montado en el caballo, galopando al Río Bravo, saltando por encima del bosque, volando ya por las nubes cuando un relámpago rompe el cielo, inundando los ojos del cura en una luz fosforescente. De repente despierta para ver a una mujer vestida de blanco, gritando: —¡Un milagro! ¡Es un milagro de Dios!

El Damián dejó de escribir cuando echó una ojeada al reloj y vido que ya no tendría tiempo para lavarse los dientes. Pero esa misma acción le dio la inspiración para un cuento más de otro hombre—éste se llamaría Arquímedes, sólo que el Damián le iba a dar el apodo de "Archy" porque era más fácil escribirlo. Este Archy usa un reloj digital de cuarzo, lo mismo como el Damián—una pieza avanzada y ultra-precisa con cronómetro, calendario, calculadora y alarma diaria. El único problema es que el Archy nunca ha podido ajustar la alarma de su reloj. La pone para las seis de la mañana y repica a las seis de la tarde—algunos días ni repica y otros días repica nomás le da la gana.

Esa falta de precisión pudiera haber sido aceptable cuando el Archy era un agnóstico pero ahora que se ha hecho católico, pues es indispensable que sepa la hora correcta ya que Dios lleva cuenta de todas las veces que los católicos llegan tarde a misa y, por supuesto, también de los domingos cuando no llegan de todo, como hace el Archy la mayor parte del tiempo. Antes, cuando no era católico pero sí asistía a misa todos los domingos, el zafado pudiera haber pasado unos cuantos milenios en el limbo de los buenos paganos, pero ahora que sabe mejor pero insiste en pecar, pues no habrá escape del abismo del infierno. Pero el Archy quizás prefiere correr riesgo de condenación en el otro mundo a soportar los sermones aburridos del padre Ramón en éste porque son unos monólogos tan monótonos que de una vez hacen dormir a Archy así como lo encontramos ahora mismo, dando cabezadas debajo de la estatua de San Antonio en la nave de la Iglesia de Cristo Rey.

Pero no se queda dormido porque de repente su maldito reloj empieza a repicar. Todos se voltean en los bancos a mirarlo—hasta el padre Ramón deja de recitar su homilía tediosa para lanzarle un ceño al pobre de Archy quien lucha frenéticamente para interrumpir la alarma. Al fin arranca el reloj de la muñeca y se sienta en el, pero el zumbador sigue sonando mientras que toda la congregación lo regaña con los ojos. A la desesperada, el Archy abre la boca y se traga el reloj malicioso. Ya no suena, por supuesto, pero cada vez que abre la boca, en lugar de "amén" se le sale el tono electrónico de la alarma—"bip".

El Damián borró ese último párrafo porque era demasiado ridículo. ¿Tragándose un reloj?—pues, un reloj de bolsillo tal vez, pero ¿un reloj de pulsera? De todos modos, él no podía seguir trabajando en el cuento porque ahora estaba repicando su propio reloj que quería decir que ya debía estar en el camino al jale. Como la mayoría de los escritores, el Damián tenía que jalar fuera de la casa enseñando la escritura porque no podía hacer la vida nomás escribiendo. Pero si él estaba obligado a enseñar para poder pagar los gastos de la vida, ¿qué de todos los pobres aprendiendo a escribir que algún día también necesitarían sus propios aprendices? Y ¿qué de los aprendices de los aprendices?—¿dónde diablos conseguirían a otros pendejos

63

para enseñar?

Pero eso no era problema suyo, pensó, saliendo de la casa para empezar su viaje. Era un viaje bastante largo, de doscientos kilómetros ida y vuelta, pero como pasaba por la magnífica sierra Jémez, pues el Damián apenas se daba cuenta de la distancia. De modo que subió en su troca Ford y sacó el desatornillador para prenderla. Hacía años que la ignición se había desbaratado—el Damián hasta había perdido la llave ya que no la ocupaba. Cualquier desatornillador, navaja o lima servía para prender la troca vieja, y claro que tampoco necesitaba llave para atrancar el vehículo tan arruinado. Sin embargo, la puerta del lado del pasajero sí estaba amarrada desde aquella vez que se había abierto sólo en una vuelta, casi aplastando a una mujer en la calle. De suerte que el Damián no le había pegado porque esa vieja greñuda tenía fama de ser una bruja. Según platicaban, la Pilar tenía el mal ojo, la piedra mala, y claro que muy malas intenciones. Lo que no tenía era un carro ya que ella nomás volaba por encima de las nubes.

Bueno, ya el Damián también tendría que volar para poder llegar a tiempo. Empezó su viaje al norte, subiendo el camino estrecho que pasaba por todas las comunidades tranquilas de la sierra Jémez. Iba contando las placas de los chingaos tejanos, saludando a los escoleros esperando el bos en la resolana, y cantando sus corridos favoritos—pues, hacía todo lo posible para ocupar su mente en asuntos inconsecuentes, cualquier cosa que le ayudara a olvidar la ficción. Aunque era una convicción no muy de moda, el Damián seguía creyendo en la existencia de las musas, pero lo que nunca podía entender era por qué esas fregadas le tenían que inspirar a las horas más inconvenientes—como, por ejemplo, cuando iba manejando. Parecía que le daban las mejores ideas cuando arreaba su troca Ford, así que siempre se encontraba apuntándolas con un ojo en el cuaderno y el otro clavado en las vueltas dobladas y peligrosísimas del camino serpentino. Y en una de las peores vueltas le dio la idea para otro cuento, pues allí estaba la cruz blanca que marcaba el lugar donde una mujer y sus cuatro hijas se habían ido pa'bajo del cañón. Vienen de Santa Fe con el carro lleno de regalos de navidad cuando de repente llega una nevada tan fea que....

Ahí dejó de escribir en el medio de la frase porque, en ese instante, el Damián levantó la mirada para ver que había pasado al lado izquierdo del camino. De una vez jaló la rienda con todas las fuerzas, apenas evitando chocarse con una troca que venía del otro rumbo. Entonces el Damián sí soltó la pluma, pero dentro de unos cuantos minutos ya estaba escribiendo otra vez. Ahora tenía mente de escribir el cuento de un escritor escribiendo el cuento de una mujer y sus cuatro hijas que se mueren en el cañón. Este autor, que escribe y maneja a la misma vez como hace el Damián, también se desvía de su lado del camino, pero este pobre sí se choca con la troca que viene del otro rumbo y se muere con la pluma todavía apretada en la mano.

Aunque le gustaba la ironía de la situación, el Damián decidió no desarrollar el cuento porque...pues, porque ya había empezado otro. Ahora el Damián escribía de Gus Rodríguez, un primo segundo de parte de quién sabe quién, un verdadero loco que vivía en el pueblito de El Rito de los Pinos y el que manejaba aquella otra troca que por poco se choca con la suya. El primo Gus era un tipo bien estrambólico, un borracho molacho a quien le hacía más falta el sentido que las muelas, pero a Damián le gustaba mucho. Sin embargo, ya no quería arriesgar la vida, ni para escribir una historia de uno de sus personajes favoritos, de modo que puso las brecas para apartarse del camino de brea, volteando al caminito de tierra que conduce a la Cañada Bonita. El sabía el nombre del lugar porque su abuelo se lo había dicho, pues a través de los años, el viejo le había enseñado los nombres de todos los lugares en esta sierra donde él se había criado. Además, el abuelo de Damián le había platicado muchas historias de esta tierra que había conocido tan íntimamente. Eran historias fijadas en un tiempo pasado, antes de la llegada de electricidad, cuando toda la familia se juntaba delante del fogón de tierra para divertirse con los chistes, adivinanzas y brujerías de los ancianos. El Damián nunca había conocido un mundo sin electricidad, pero sí sabía algunas de esas brujerías, como la historia de una tía que se vuelve loca al fumar un cigarrito hecho por la bruja Pilar. En otra ocasión, la misma bruja manda una olla de posole a la casa de unos vecinos que están velando a un difunto, pero los vecinos, ya conociendo bien a la Pilar, echan el posole al perro y muérese el perro.

Cigarritos hechiceros, posole venenoso, piedras malas, cuervos, coyotes, tecolotes—el Damián se rió en voz alta porque sabía que podía pasar todo el santo día escribiendo brujerías—¡qué!—la vida entera podría gastar nomás relatando las puras historias sobrenaturales de esta sierra, pero eso tal vez sería peor que ser embrujado. De modo que apagó la troca Ford con el desatornillador y se quedó un buen rato con la punta de la pluma metida en la boca, abstraído en meditación, mirando el humo negro subiendo del cañón. Sí, la gente de El Rito de los Pinos había escogido la Cañada Bonita para el sitio del dompe público. Un símbolo hecho, pensó el Damián, pero de pronto mordió la punta de la pluma, resistiendo la tentación, porque bien sabía que las alegorías eran aún más peligrosas que las brujerías. No había criatura más pervertida en todo el mundo literario que la metáfora continuada— ni el gemido endemoniado de la Llorona era tan horrible como el cacareo de la alegoría.

No, mejor dejar a un lado los símbolos y hechizos para concentrar los esfuerzos en la historia de un ser humano—y ¿qué "ser" más "humano" que el mismo primo Gus? Por supuesto, ni las brujerías podían comparar con las experiencias verdaderas de su primo deatiro que había destrozado tres trocas sin siquiera rasguñarse un dedo. Pero ya que el Damián se había hartado de accidentes de automóviles, pues decidió escribir de aquella primavera cuando su abuelo pidió la ayuda del viejo borrachón para marcar los becerros. El primo Gus laza un becerrito de los más chiquitos, pero jala el cabresto tan fuerte que acaba por ahorcar el pobre animal. Va corriendo a quitarle el lazo y a poner la boca en las narices del becerro para darle resuello— "mouth to mouth", ve. Lo raro es que trabaja—pronto revive el animalito mientras que el primo Gus enciende un Lucky Strike y observa filosóficamente: —Esa boca es más limpia que las de munchas mujeres que yo he besao.

Otra vez dejó de escribir el Damián. ¿Quién iba a querer saber más de esas bocas que el primo Gus había besado en la vida? Después de todo, fuera mejor volver al cuento de la mujer que murió en el cañón con sus cuatro hijas—por primera vez *acabar* una historia. Al cabo que no era justo dejar a la pobre tirada allí. El Damián debía concluir el cuento, incluyendo tan siquiera el velorio, visto que era el último velorio que él había asistido en la casa de la familia y no en la mortoria. Ya hoy en día todos entregan los difuntos a la Casa Funeraria Sandoval donde don Rogelio Sandoval hace una vida muy buena "componiéndolos"—pues, ¿qué no acaba de levantar una mansión a la orilla de la plaza? Pero en esta noche están velando a la difunta en el modo tradicional, con todos los vecinos llegando a la casa con ollas de "chile de velorio" para pasar toda la noche rezando, cantando, comiendo y bebiendo. Don Tobías Esquibel, el hermano mayor de la Cofradía de Nuestro Señor Jesucristo, dirige las oraciones porque el marido de la finada mujer es un penitente. Mientras que don Tobías está rezando, otro miembro de la hermandad, Abel Valerio, se da cuenta que su compadre tiene saliva en la boca y le dice, —La baba, compadre—. Don Tobías no lo oye porque está muy metido rezando, de modo que el Abel repite las palabras en una voz más alta, —*La baba*—. Cuando el hermano mayor todavía no le hace caso, su compadre le grita, —¡LA BABA—! Al fin, don Tobías interrumpe la oración para declarar: —¡Sí lavaba, y planchaba también!

El Damián sacudió la cabeza al leer el último párrafo que había escrito. Tan bien que iba, explicando las costumbres de los velorios de antes y, luego acabar por escribir puros chistes. Pero había tantos chistes acerca de la muerte que el Damián no podía menos que escribir algunos de sus favoritos, como aquél del pobre pelado. Pues, izque la comadre Sebastiana viene buscando a un joven recién casado. El pobre mira a la Huesuda en la puerta y le dice a su esposa: —Préstame las tijeras para pelarme. Pueda que asina no me conozca la Muerte.

Bueno, la comadre Sebastiana toca en la puerta y cuando le abren, pronuncia, —He llegado por tu marido, mujer.

—Pero no está aquí —la mujer le responde.

—Lo esperaré entonces —dice la Huesuda, pasando

por la puerta.

—Pero mi esposo anda en el monte y no sé pa' cuándo regrese —sigue la mujer espantada.

—Muy tarde llega —dice el marido calvo, sentado en la mesa—, o quién sabe si no llegue de todo —añade cuando la Muerte le lanza una mirada severa con los ojos huecos.

—¿Quién es éste? —la comadre Sebastiana le pregunta a la mujer.

—Es mi...ah...es mi papá. Estábamos nomás tomando un cafecito.

—Pos, dame a mí también —dice la Muerte, sentándose en la mesa y empezando a mitotear de los muertos, pues la fregada suelta la sin hueso. Horas pasa charlando y esperando la llegada del escogido. Al fin, ya que se hace noche, la comadre Sebastiana se levanta y dice, —Bueno, parece que no viene tu esposo. Pero pa' no perder el viaje, me llevaré a este pelado aquí conmigo.

El "pelado" que le había dicho ese chiste a Damián era nada menos que don Herculano Leyba, un maderista muy mentado en el valle de San Gabriel. Además de ser un embustero bien hecho, don Herculano es un plomero, un santero, y hasta un músico. Pues, después de retirarse de su trabajo en Los Alamos, don Herculano aprendió a tocar varios instrumentos y formó una banda de un sólo hombre—"Herculano Leyba's One-Man Band". Toca todos sus instrumentos a la vez, incluyendo una guitarra, una mandolina, un armónica, y un instrumento de su invención que solamente él lo sabe tocar, un arpa construída de partes de una máquina vieja de escribir. Da el ritmo con un tambor que también fabricó de un troncón de álamo y un cuero crudo. El viejo ideático fijó todos los instrumentos en un plataforma movible para poder llevárselos a las salas, clubs, y Casas de Ancianos donde toca corridos, rancheras, entregas, y hasta algunos alabados de los penitentes, cuales cantos antiguos suenan sumamente extraños por la amplificación del micrófono.

Igual de extraños son sus santos. Pues, ahora don Herculano acaba de hacer un bulto parecido al "Cristo Sepultado" de la Iglesia de Cristo Rey, un santo muy antiguo hecho más de dos siglos pasados por un santero franciscano. Pero el "Cristo Sepultado" de don Herculano es una creación muy moderna, pues este Cristo yace en un ataúd con tapa de vidrio y tiene cabello verdadero que en un tiempo pertenecía a un "hippie" que don Herculano conoce por ahi. Pero el característico más admirable de la obra es su movilidad. Don Herculano ha instalado unas bisagras escondidas que hacen al Cristo sentarse cuando uno levanta la tapa.

La resurrección controlada por un par de bisagras, pensó el Damián—la vida y la muerte como dos planchitas de metal articuladas entre sí, fijadas en una dependencia mutua y perpetua. Doña Mariana está bordando el mantel—el Damián empezó a escribir pero se detuvo de golpe, con una duda familiar retumbando por la mente. Pues, no era la primera vez que había comenzado a escribir esta historia tan triste de la tía de una amiga. En efecto, ya hacía años que el Damián había pretendido escribir la historia verdadera y nunca la había podido terminar. No obstante, ahora la empezó una vez más.

La Mariana se encuentra muy triste. Nunca había viajado fuera de El Rito de los Pinos, su pueblo nativo en las montañas del norte de Nuevo México. Pero cuando la compañía mandó a su esposo, Fernando, a Oregon, pues ella también tuvo que ir. Nomás que ahora, en esta ciudad desconocida, la Mariana pasa una vida muy solitaria, pues se queda solita en la casa durante toda la semana mientras que el Fernando trabaja en la sierra. Como la mujer no sabe inglés, su marido le compra la comida y todas las necesidades de la casa en los sábados para que no tenga que salir sin él.

Es un lunes por la mañana y el Fernando ya se ha ido al monte cuando alguien toca en la puerta. Es un telegrama de Western Union y la Mariana lo abre con mucho miedo, pues sus dos hijos están peleando en la guerra—el Mariano en Europa y el Carlos en un barco en el Pacífico del Sur. Un gemido involuntario sube por la garganta porque ahí está el nombre, el nombre de su hijo menor, su Carlitos. La Mariana no sabe leer en inglés y no conoce a nadien que se lo pueda traducir. Así que se sienta en la mesa de la cocina con la mirada fijada en el papelito amarillo y comienza a pensar y todo lo que puede pensar es que se va a volver loca. Al fin se da cuenta que los mismos pensamientos le van a sacar de sus casillas, de modo que agarra un aguja y empieza a bordar el mantel de la mesa de la cocina. Poco a poco va dibujando flores con el hilo—rosas negras está bordando cuando vuelven a tocar en la puerta.

El viernes por la tarde, cuando el Fernando regresa a casa, halla a su mujer todavía sentada en la cocina, bordando el mismo mantel que algún día volvería a usar en la mesa donde están los dos telegramas con los nombres de sus dos hijos. En la mesa también hay una botella de tinta negra para calzado que la Mariana está usando para teñir el hilo blanco porque se le acabó el negro hace días.

Y es por eso—la sobrina de la Mariana le contesta a su hija inquisitiva—que las rosas que ves aquí en la orilla del mantel están parduscas. Son las últimas rosas que mi pobre tía bordó con el hilo teñido y se han descolorado con los años.

De repente el Damián arrancó la hoja del cuaderno para romperla. Aventó los pedazos por la ventana

71

donde el viento se los llevó al dompe. "Otra vez la burra al maíz"—dijo en voz alta, dándose palmadas en la frente. ¿Cuándo chingaos iba a entender que era imposible escribir una historia tan imposible? Ficciones verdaderas sí podía crear, pero cuando trataba de escribir la verdad, siempre parecía mentira.

Pero lo que no mentía era el reloj de Damián que ya marcaba diez pasado de las dos de la tarde. Ahora sí iba a tener que inventar una ficción pero genuina ya que no le podría decir a su superior que él había faltado al trabajo hoy porque había pasado todo el día en el dompe de la Cañada Bonita escribiendo el cuento de un escritor escribiendo un cuento.

"Pero ¿por qué no?" dijo el Damián, buscando el desatornillador y formando la idea en su mente ya. El escritor anda en el camino al trabajo cuando de repente se convierte en el personaje de un cuento escrito por un escritor que también se halla en un cuento.

El Damián prendió la Ford y la reculó, sonriéndose al verse sonriendo en el espejo de retrovisión.

Contaminación

1

Levi DeAgüero se encontraba bien acongojado. Había manchado la bandera, de eso no cabía duda, pero le había dado tanto coraje con esos chingaos del gran jurado que—bueno, ya ¿qué? Agua pasada no mueve molino, pensó, mientras "sandeaba" su carro bajito con una lijadora.

El carro bajito, un '57 Chevy que había bautizado "Dream Machine", tenía decenas de capas de tinta, muchas de las cuales el mismo Levi había aplicado en tiempos anteriores. Pero ahora lo iba a volver a pintar —"sky blue" era el color que había escogido, un azul como el del cielo nuevomexicano, y en la tapa del motor tenía mente de pintar la imagen de Nuestra Señora de Guadalupe. Mucho trabajo le iba a costar—bueno, y bastante feria también, pero después tendría más orgullo que nunca de su carro tan chingón.

Y ¿cómo no? Pues, el Levi era el presidente de los "Hijos de Aztlán", el car club más reconocido de todo el estado. Todos los "Hijos de Aztlán" se dedicaban a trabajar en sus máquinas sublimes, quitando las so-pandas para que los vehículos se acostaran de una manera suave e instalando bombas hidráulicas en las cuatro ruedas para poder pasar por caminos pozudos. Adentro, los carros lujosos tenían "diamond-tuck upholstery", una alfombra rica, y cromo por donde quiera, hasta en el ingenio. La mayor parte de los carros bajitos también tenían vidrio ahumado en el parabrisa, un sistema de música estereofónica con suficiente poder para volar las puertas, y una rienda pequeña hecha de un lazo de cadena relumbrosa. Un dineral ponían en sus carros tan fregones y un sinfín de horas de trabajo también, pero todo eso se desquitaba en los domingos cuando se paseaban "quedito y bajito" por el "main drag" de San Gabriel.

ventura que había perdido la casa en un fuego. Con tiempo, puede que el público se diera cuenta que los que manejaban los carros bajitos no eran un bola de mari-juanos y tecatos—una roncha en la cara de la sociedad, como algunos opinaban—sino miembros productivos de la comunidad y jefes de sus propias familias. Al naria hidráulica para hacer brincar a sus "lowriders". Los fondos que los "Hijos de Aztlán" juntaban en el "car show" los gastaban para ayudar a los necesitados del pueblo; el año pasado, por ejemplo, habían contribuído más de quinientos dólares a una familia de San Buena-ventura que había perdido la casa en un fuego. Con tiempo, pueda que el público se diera cuenta que los que manejaban los carros bajitos no eran un bola de mari-juanos y tecatos—una roncha en la cara de la sociedad, como algunos opinaban—sino que miembros producti-vos de la comunidad y jefes de sus propias familias. Al mismo Levi muchos le juzgaban mal por su apariencia —los lentes negros de espejo, la camiseta rota con el paquete de Camellos enrollados en la manga, la cara de vinagre. Pero los que conocían a Levi sabían que ese ceño era una máscara nomás, pues a veces podía ser un verdadero pedazo de carne. Sin embargo, si uno de sus carnales se atrevería a darle una mala pasada, pues ¡con mucho cuidado, ése!

Sí, era un bato poco delicado—él lo sabía mejor que nadien—pero ¡qué agüite!—llegar a estar al pie del cañón después de haber luchado tanto para subir esa cuesta. Dos años había solicitado y esperado—dos años enteros—para poder entrar a trabajar en Los Alamos, o "la cuesta", como los del valle le decían a la ciudad atómica. Todos los habitantes de San Gabriel o trabajaban o querían trabajar en "la cuesta" porque el Laboratorio Nacional de Los Alamos (LANL) pagaba los mejores sueldos del área. No obstante, había algunos como el Levi que jalaban en "la cuesta" no tanto por preferencia como por la necesidad. Había muy poco jale en el valle de San Gabriel, es decir fuera de las escuelas públicas y el condado de Río Bravo. Pero para poder trabajar en las escuelas uno tenía que ser pariente de algún miembro del cuerpo de educación, y para jalar por el condado era preciso venderse al Primo Ferminio Luján, el gran patrón del norte de Nuevo México. Claro que un bato fuerte también podía conseguir un trabajo en la máquina de rajar, puesto que no le molestaba jalar como un esclavo desde las diez de la noche hasta las seis de la mañana por el sueldo mínimo. El Levi sabía qué era eso porque él mismo había trabajado en la "línea verde", manejando la madera fresca y retepesada, sacándola de la cinta transportadora tan pronto como los grandes serruchos rajaban los cuartones. Era un trabajo tan peligroso como duro, y entre los veteranos de la "línea verde" había pocos que podían contar a diez en los dedos que se les habían quedado.

Sacrificando los dedos por unos cuantos reales, pues ¿qué más podía hacer el pobre? Bueno, una cosa que sí habían hecho muchos de los carnales de Levi era pelarse a buscar mejor vida en otras partes. Algunos se habían pintado a Texas y otros a Califas, pero el Levi no podía dejar su lindo valle para perderse en una ciudad grande y contaminada. A veces se le hacía a Levi que debía haber nacido en el siglo pasado durante la época de su bisabuelo, antes de la llegada de los gabachos, antes de que vinieran los científicos a construir su bomba de muerte. A su ver, esa bomba había acabado no sólo con los japoneses sino también con la cultura de su propia gente, ya que muchos habían abandonado sus terrenos para ganar el "cheque" en Los Alamos. Pero para subir esa "cuesta" esos primeros trabajadores también tuvieron que dejar atrás su propio idioma que ya se había convertido en una "lengua extranjera". Así que sus hijos terminaron por aceptar el inglés como su primera lengua y muchos ni habían enseñado el español a sus propios hijos. Ahora el Levi trabajaba con muchos de estos de la tercera generación, estos chicanos que no sabían hablar en mexicano. Pero todo el esfuerzo para lavarse la "mancha" de la raza había sido por nada, pues el Levi no veía muchos de estos "Spanish-Americans" en posiciones de autoridad, y no cabía duda que el racismo todavía existía en "la cuesta".

Por eso él pagaba el pato ahora, pensaba mientras seguía "sandeando" su carro bajito, todavía preocupado por el testimonio que había dado delante del gran jurado el día antes. ¿Por qué diablos había tenido que cagar el palo? Si hubiera escondido los sentimientos, jugándola suave—pero no, a él se le habían volado las tapas. Bueno, desde un principio el Levi sabía que ya habían firmado su sentencia de muerte, pues el presidente del jurado era nada menos que Vicente Luján, hijo del mero patrón del condado, el Primo Fermin o. Sin embargo, el cabrón de Vicente no podía compararse con aquella gabacha. Pues, la fregada preguntona le había clavado las uñas a Levi, anatomizándolo con sus preguntas tal como si fuera un insecto prendido con alfileres.

¿Cómo chingaos podía ella sugerir que él y sus dos cuates, Joe "Chamaco" Serrano y Eluid Rendón, habían contaminado el armario de Dietz—Russell Dietz, aquel pinche que había sido el jefe del grupo de Levi en el Laboratorio? Bueno, sí sabía por qué querían echarles la culpa, pues el Levi y sus amigos se habían rehusado a tragarse los insultos de Dietz y su compañero Dwight McLaughlin que era el jefe del grupo de Eluid y Joe Chamaco. El Levi sabía que Dietz y McLaughlin se habían graduado de varias universidades, pero ese doctorado no era una licencia para practicar discriminación. Pues ¿qué derecho tenían de juntarse cada mañana durante el "coffee-break" para platicar chistes racistas en una voz alta para que el Levi y sus compas no podrían menos de oírlos?

Esa era la pregunta que el Levi había hecho a los jurados el día antes. No había tapado nada, pues hasta les había platicado de su pelea con Dietz. Aquel día el jefe había llegado al trabajo buscándole a Levi, aferrado a meterse con él acerca de la guerra de las Malvinas. Bueno, a Levi no le importaba pito qué pasaba allí en la Argentina, pero el chingao de Dietz le picaba y le picaba hasta que al fin tuvo que habérselas con él. Pero nomás se defendió un poco y se le fueron las cabras a Dietz, pues el jodido se creyó un Muhammed Alí. No cabe duda que a Levi le hubiera dado mucho gusto entrarle a jodazos con Dietz, pero aguantó las ganas de darle un buen soplamocos porque eso era exactamente lo que el chingao quería—un motivo para desocuparlo. No, en lugar de volver a pelear la batalla del Alamo en el Edificio de Química y Metalurgia, el Levi simplemente reportó el incidente a los oficiales del Laboratorio, cual acción le dio hasta más coraje a Dietz ya que los dos se vieron obligados a presentarse ante el Director de Personal. Se acabaló de enojarse cuando el director se puso de la parte de Levi, advirtiendo a Dietz que desde entonces en adelante tendría que dejar de darle tanta carría a su empleado. Pero a pesar de todo eso, Dietz siguió siendo más o menos el mismo chingao de siempre, sólo que después de la sofrenada que le dieron, empezó a hacer cosas a escondidas, como cuando había puesto aquel artículo racista en el tablero para noticias. Cuando la gabacha del gran jurado le preguntó a Levi cómo sabía que Russell Dietz había sido el responsable por haber hecho eso, el Levi le respondió que no necesitaba ninguna prueba—él sabía que su jefe tenía la culpa, o tal vez la esposa de él, la Fanny.

En cierto modo, Fanny Dietz era más repugnosa que su mismo marido. Era chicana, nacida y criada en el valle de San Gabriel lo mismo como el Levi, pero como ella había pescado a un gringo—y no cualquier gabachito sino un científico de la mera "cuesta"—pues ella se apretaba las narices respingonas ante su propia gente. La Fanny trabajaba con Joe Chamaco y Eluid en el grupo dirigido por Dwight McLaughlin, y el Levi confirmó que sus cuates no la habían llevado bien ni con aquella vendida ni con su jefe abusivo. Pero cuando la gabacha le había preguntado qué sabía de la contaminación de McLaughlin, el Levi se había quedado asombrado. Pues, aunque había jalado en el mismo edificio con McLaughlin, el Levi nunca había oído mentar nada de este incidente que, según lo que la gabacha le explicaba, había pasado hacía un año cuando McLaughlin se había contaminado en un derrame accidental de plutonio. Cuando el Levi no había hallado cómo contestarle, la gabacha había seguido articulando delante de los demás jurados, reflexionando con relación a la extrañeza de esta "coincidencia". Aquí tenían estos tres mexicanos que no podían ver a sus dos patrones anglosajones, y ¿qué pasa? Pues, los dos jefes se contaminan, uno a causa de un accidente sospechoso, y el otro por usar un peine que alguien había contaminado con el veneno más potente del mundo, plutonio-239. Y cuando el Levi señaló que ni uno de los tres había tenido una divisa de autorización para poder entrar en las áreas "calientes" donde manejaban materia radioactiva, la gabacha había respondido, —Para todo hay modo.

Allí se calló el Levi—pues ¿por qué seguir hablando? Al cabo que lo tenían acusado, juzgado y sentenciado ya. Por eso el Levi había prometido hacer un viaje de sacrificio al Santuario de San Buenaventura porque Dios habla por el que calla. Así que en este Viernes Santo el Levi iba a hacer una peregrinación al Santuario donde, ya hacía más de doscientos años, don Bonifacio Mestas de Madril había descubierto el ojo milagroso. Las aguas sanaron a su hijo cojo, el primero de una multitud de enfermos, ciegos y sordos que a lo largo de los siglos han llegado al pozo por su ración de agua bendita que, según el testimonio silencioso de las muletas y sobaqueras colgadas en las paredes, tiene virtudes sanativas. Aunque el Levi había hecho la caminata muchas veces en su vida, en este año iba a hacer un sacrificio extraordinario. Ahora iba a caminar los treinta kilómetros del valle de San Gabriel al Santuario de San Buenaventura llevando a cuestas un madero pesado hecho de unos palos ocho por ocho. Pues, ya no hallaba qué más hacer, es decir, fuera de maldecir al cabrón que lo había metido en estos líos en primer lugar. Y unos buenos reniegos le estaba echando mientras seguía "sandeando" su carro sin saber que en ese momento el mismo Dietz tomaba asiento ante los doce jurados que el día antes habían oído el testimonio del presidente de los "Hijos de Aztlán".

2

—Señor Dietz—dijo Vicente Luján, presidente del gran jurado—, platíquenos exactamente lo que sucedió el día 17 de junio del año actual.

—Bueno, aquel día empezó como cualquier otro— me levanté, me eché un baño, y me fui al trabajo —dijo Dietz sin hesitación, hablando rápidamente tal como si hubiera aprendido todo el testimonio de memoria—. Como mi esposa y yo teníamos planes de hacer un picnic a mediodía, pues había traído una mochila con comida que dejé en mi armario. Luego, como de costumbre, me vestí en mi uniforme protector y entré a trabajar. A mediodía lonchamos en el parque público de Los Alamos y luego volvimos al trabajo—yo y mi esposa trabajamos en el mismo lugar, CMB-1, el Edificio de Química y Metalurgia del Laboratorio Nacional de Los Alamos, nomás que no trabajamos en la misma sección. Esa tarde, poco pasado de las tres, fui a mi armario por una toalla. Me lavé las manos y me peiné con un peine que tenía en el armario, y luego volví al área donde trabajo. Como es un área "caliente", tuve que pasar por el detector de radiación. Sonó el alarma, indicando que yo estaba contaminado, y de una vez empezaron el procedimiento para quitar la contaminación de mi cuerpo. Los oficiales de LANL determinaron que yo tenía un alto nivel de radiación alfa en las manos y en el pelo, y una investigación de mi armario reveló que mi toalla, mi peine, y las sobras de comida en mi mochila estaban contaminadas.

—Ahora bien, señor Dietz—dijo Luján al hombre del pelo rojo y un bigote del mismo color—, una pregunta de mucha importancia. ¿Sabe usted cómo se contaminó su armario?

—Yo creo que sí. Se me hace que alguien quería vengarse de mí.

—¿Vengarse? ¿Por qué?

—Sería el artículo, yo creo—la mera verdad es que no sé. Pero en aquel entonces corría la voz de que...bueno, algunos andaban diciendo que yo había puesto un artículo en el tablero para noticias.

—¿Nos puede identificar esto? —preguntó el presidente del jurado, pasando una fotocopia a Dietz.

—Sí, este es el artículo.

—Favor de informar a los miembros del jurado el contenido del artículo.

—Pues, se trata de un pleito que hubo en aquel entonces en Santa Fe, un mexicano del valle de San Gabriel que había matado a alguien, y yo creo que andaban averiguando si lo iban a juzgar como adulto o joven.

—¿Nos puede decir si parte de este artículo estaba subrayado?

—No, no me acuerdo nada de eso.

—Señor Dietz, Levi DeAgüero ha testificado que usted puso este artículo en el tablero para noticias y que también subrayó un pasaje en el. ¿Qué no es verdad que usted lo colocó allí?

—No.

—¿Subrayó usted alguna parte del artículo?

—No.

—Bueno, entonces para que esté bien informado, le voy a enseñar dónde estaba subrayado —continuó Luján en un tono sarcástico—. Fue en el primer y el octavo párrafos donde se halla el testimonio de un psicólogo. Según el reporte, este psicólogo señalaba que

81

el joven acusado sufría—y ahora estoy citando sus propias palabras—"de una neurosis de frecuente ocurrencia en el norte de Nuevo México, el supermachismo. Vive por la venganza, así como muchos de los jóvenes hispánicos, sobre todo los del valle de San Gabriel".

—Ahora, bien —dijo Luján, clavando la mirada en el científico sentado delante de él—, no cabe duda que estas palabras huelen a racismo. La cuestión es cómo el artículo pudiera haber sido la causa de su contaminación.

—Bueno, yo te diré. El día que el artículo apareció allí—sería el día antes de que me contaminaran—me di cuenta que DeAgüero y sus dos amigos estaban portándose de un modo muy curioso.

—¿Esos serán Eluid Rendón y Joe Serrano? —preguntó Flossie Williams, la gringa que el día antes había tenido tantas preguntas para el Levi pero que hasta el momento se había quedado curiosamente callada.

—Sí, esos dos —respondió Dietz, limpiándose el sudor de la frente con un paño grande—. Allí los vi aquel día enfrente del tablero para noticias gritando con mucho coraje—no sé qué dirían porque estaban hablando en español como siempre, pero sí sabía que a mí me estaban mentando, y a mi esposa también. Pues, siempre nos la tenían jurada.

—¿Cuál prueba tiene de eso? —le interrumpió Luján.

—Todo el tiempo hacían fuerza de intimidarnos, especialmente la Fanny, pues ella trabajaba en el mismo grupo con Rendón y Serrano. Siempre se burlaban de ella, diciéndole "lambe" y "vendida", pero la verdad es que le tenían envidia. Es mexicana también, pero no tan atrasada como ellos, y por eso le hacían la vida pesada a ella. Una vez, me acuerdo, salió mal un experimento que ella estaba haciendo. Después la Fanny se enteró que alguien había cambiado las etiquetas de las químicas. Ella sabía que Serrano tenía que ser el culpable, así que se lo reportó al jefe de su grupo, Dwight McLaughlin. McLaughlin lo reprendió, desde luego, pero después andaban diciendo que Serrano había jurado vengarse de mi esposa.

—Luego, el día que me contaminaron, la Fanny se dio cuenta de algo muy extraño. Cuando volvimos del picnic, Serrano y Rendón ya estaban en el trabajo. Ellos nunca llegaban temprano del lonche, pero aquel día sí. Luego, esa misma tarde, cuando a mí me estaban re-fregando para quitar la contaminación de mi cuerpo, la Fanny estaba saliendo del trabajo—todavía no sabía lo que me había pasado—y vio a los tres esperándola en el parqueadero.

—Serrano, Rendón y DeAgüero —pronunció la se-ñora Williams como si estuviera recitando una letanía.

—Correcto. La estaban esperando allí—así que ella volvió a entrar y le pidió a Dwight McLaughlin a que la acompañara a su carro.

—Señor Dietz —dijo el presidente del jurado antes de que la señora Williams volviera a tomar las riendas como siempre pretendía hacer—, según el testimonio de Levi DeAgüero, usted es "anti-hispano". ¿Cómo hace usted para contestar esa alegación?

—¿Cómo diablos pudiera ser "anti-hispano" yo? —Dietz declaró vehementemente, mientras que su cara se puso casi del mismo color de sus barbas—. Estoy casado con una mexicana—¡mi propio hijo tiene sangre mexicana corriendo por las venas! Pero este DeAgüero es uno de esos tipos que...pues es un tipo violento, como dice en el artículo—vive por la venganza. Desde un principio me ha tenido entre ceja y ceja, siempre listo para ofenderse por nada.

—¿Y usted nunca le ha dado ningún motivo para

ofenderse? —le preguntó Luján.

—Nunca.

—¿Cómo es, entonces, que el Director de Personal del Laboratorio reprendió a usted por haber tratado mal a DeAgüero?

—¡DeAgüero instigó todo eso! —gritó Dietz—. ¡Hace fuerza de pegarme y luego va llorando a los oficiales! Y lo peor es que tienen tanto miedo de los pleitos que de una vez se hacen burros. Pero a mí ni me escucharon cuando les platiqué del peligro que yo y mi esposa enfrentábamos con aquellos malvados. Yo tenía mucho miedo que algún día ellos terminarían por hacerle daño a la Fanny, pero no—naiden me quería hacer caso.

3

El Levi miró el retrato preguntándose si no hubiera sido mejor no haber cargado ese madero al Santuario de San Buenaventura o, a lo menos, no haberlo hecho en el Viernes Santo cuando todo el mundo lo viera porque no le gustaba llamar la atención. Pero allí estaba su retrato en la primera página del periódico, el mismo periódico que había publicado el artículo que Russell Dietz había puesto en el tablero para noticias, el mismo periódico que Dietz tenía ahora en una mano mientras tomaba su primera taza de café de la mañana con la otra mano temblante.

Russell Dietz se encontraba bien acongojado. ¿Por qué habían vuelto a llamarlo?—se preguntaba una y otra vez. Según la citación que había recibido, él tendría que volver a presentarse delante del gran jurado el día después del Día de Pascua, pero lo que Dietz no podía entender era por qué. El pensaba que todo se había acabado ya—¿qué más querrían saber?

Mucho tiempo permaneció sentado en la cocina, rendido por el desvelo y las ansias, con los ojos clavados en la foto de Levi DeAgüero cargándose su cruz como si fuera Cristo. Perseguido por incertidumbre, Dietz hizo fuerza de calmarse, de asegurarse que él nunca había imaginado que esta situación se desmandara así, pero ¿qué de él? Al fin y al cabo, *él* era la víctima, y aunque lo habían refregado hasta que se la habían quedado las manos raspadas, ¿cómo podía estar cierto que había salido limpio? ¿Qué si se había quedado contaminado a pesar de todas las veces que él se lavaba las manos, a pesar de que se las lavara la vida entera?

4

Ahora le parecían distintos los miembros del gran jurado. A Russell Dietz se le hacía que los doce jurados lo examinaban con otros ojos—hasta la señora Williams lo fijaba con una mirada penetrante y acusatoria.

—Antes de comenzar la nueva interrogación al señor Dietz —Vicente Luján dijo a sus colegas sentados en la mesa larga—, hay que recordarnos que nuestra responsabilidad como miembros del gran jurado es....

—Señor Presidente —Dietz le interrumpió precipitadamente—, ya no necesitan seguir la investigación. Yo lo hice. Yo me contaminé sólo.

Los doce jurados se quedaron con la boca abierta, mirándose los unos a los otros, mientras que Vicente Luján le dijo a Dietz: —Usted todavía no ha prestado juramento. ¿Está dispuesto ahora a juramentarse?

—Sí —respondió, y tan pronto como hicieron prestar juramento a él, empezó a hablar en una voz callada y controlada—. En el día 17 de junio yo contaminé mi armario y mi propio cuerpo con una solución de plutonio-239 que había obtenido en el ala tres del Edificio de Química y Metalurgia. No tenía intenciones de contaminar a ninguna otra persona. Hice lo que hice del puro miedo. Pues sí, tenía miedo que DeAgüero y sus amigos pudieran contaminar a mi esposa—por eso me contaminé sólo. Quería llamar atención al gran peligro que existe en el Laboratorio donde trabajan estos hombres que viven por la venganza. No me entiendan mal—yo no quería hacerle daño a naiden, nomás quería que todos vieran lo fácil que es contaminar a una persona inocente. Siento mucho haber causado tantos problemas, pero les ruego entender que lo hice solamente para abrirle los ojos al público.

5

A brochadas violentas el Levi pintaba las estrellas doradas de la tilma de la Guadalupana en su carro bajito "Dream Machine". Claro que sentía un gran alivio ya que no tendría que defenderse de acusaciones falsas, pero siempre le corroía la rabia. Pues, los jurados habían escapado de linchar a él y sus cuates, pero ahora que habían agarrado la confesión de aquel loco, ¿qué chingaos le iban a hacer—darle una manotada en la muñeca contaminada?

Los labios helados en una mueca de ira, el Levi siguió pintando las rayas detrás de la Virgen, pensando en lo que el Joe Chamaco le acababa de platicar. Había visto a un abogado, dijo, aquel Rosencrantz que había peleado tanto en contra del Primo Ferminio, y izque tendrían muy buenas esperanzas de ganar un pleito acerca la violación de las garantías constitucionales.

Aunque el Levi le dijo a Joe Chamaco que simón que sí, que ¡vamos a darles en la madre a los pinches jodidos!—la mera verdad era que él no se encontraba tan animado como su carnal. Sí, necesitaba los reales que pudieran ganar, y claro que tenía muchas ganas de vengarse también, pero en el fondo del corazón el Levi sabía que estarían destinados a perder aunque ganaran, porque no existía suficiente dinero en todo el mundo para recobrar el orgullo ni jurado grande suficiente para hacer desaparecer la mancha en su alma, esta mancha de disgusto y dolor.

Entre silencios

"Ya todos hablan inglés.
Yo no hablo inglés.
Vivo entre silencios".
Un anciano nuevomexicano

—Tú ya no eres hombre—eres un "sample" nomás. Mírate—apenas puedes subir a la troca, y yo todavía paseándome a caballo por todo el monte.

—Pero yo ya tengo veintidós años más que usté, papá.

—Oh no, m'ijo—los años no se figuran asina. Fíjate que los míos cuentan doble. Mira, ¿qué hicites cuando te quebrates la pierna?—tan torpe que te has puesto, cáyendote de aquel árbol de manzana. Pos, derecho al hospital, ¿no? Y yo con tantos huesos quebraos y ni siquiera un aspirín pa'l dolor. Tengo la cadera quebrada, las costillas rajadas, y esta muñeca quebrada también 'onde se me dobló la mano pa'trás. Luego, una vez la yegua arrancó con el arado y ende entonces....

—Ya sé, papá, que ende entonces usté ha tenido el pescuezo torcido. Pero mire, usté nunca ha sufrido de los reumos como yo. Pos, usté murió en la flor de su edá, pero yo no. Le aseguro, no hay cosa más pesada que los años.

"How old is Grandpa today, anyway?"
"Eighty, I think—or maybe eighty-one."
"I thought he was older than that."
"Well, he might be ninety—I'm not sure.
He's old."

—¿Pesaos los años? Yo te digo lo que sí es pesao—
aquel yunque qu'era de tu agüelo y que apenas pudites
poner en ese bloque que tienes abajo el álamo. Yo te
vide, usando un palo pa' rodarlo pa'rriba, y yo más
antes levantaba ese mismo yunque con una pura mano.
¡Sí lo levantaba!—¡y hasta lo tiraba también!

—Sí papá, ya lo sé—ya me lo ha dicho un hatajo de
veces, pero que no se le olvide que yo también tenía
muncha fuerza en las manos cuando era joven—y no
nomás en las manos tampoco. ¿Qué no se acuerda de
aquella vez cuando usté me puso a vaciar el carro de
zacate con el vecino abajo en la pila? Pos, escapé de
enterrarlo—usté hasta me mandó que me detuviera un
poco. No, nadien me podía alcanzar con la horquilla ni
tampoco con l'hacha. Y yo creo que todavía puedo
hacer más trabajo con l'hacha que mis propios hijos, a
pesar de todos estos años que traigo encima.

—Y a mí se me hace que yo te pudiera ganar a ti, lo
mismo como te ganaba más antes cuando hacíanos
tallas allí en el Pinabetal. L'hacha no es para él que no
lo sabe manejar, hijo.

"What would he like to eat?"
"You know Dad—he doesn't know how to
order food in a restaurant. Why don't you
just order something for him?"
"But what should I get him?"

"It doesn't matter. Something soft. Get
him something with mashed potatoes—he
likes mashed potatoes."

—Hoy en día la plebe no sabe manejar ni un cavador
ni muncho menos un hacha, papá. Ya no saben lo que
es el trabajo del rancho. La familia ni viene a arrancar
maíz en la huerta, y ¿escarbar?—ni chanza. No, ya es la
pura tienda pa' ellos. Yo creo que si no fuera por el
"Safeway" morirían de hambre.

—Huerta, dices tú, pero esa siembra que tienes es
una compasión, m'ijo—pos, apenas cosechas un chilito
para morder. Más antes no había tractores ni esa medicina que usas ahora para rociar la huerta, pero nojotros siempre teníanos suficiente chile pa' toda la familia—y papas, pos cosechábanos cuatrocientos sacos
de papas de ese mismo terreno que tienes abandonado
ahora. Munchos sacos de frijol y alverjón también
cosechábanos, y quién sabe qué tantas fanegas de trigo.
Luego teníanos aquel molino en el río 'onde molíanos
el trigo y el maíz para hacer atole y chaquegüe.

—Pos, a mí no me gusta esta mugre de pan de la
tienda tampoco, papá, pero ¿qué voy a hacer? Ya ese
molino viejo no existe—al cabo que no hay agua en la
'cequia la mayor parte del tiempo, pos en veces es una
batalla pa' regar con ese chorrito de agua. Y luego con
tantos insectos, fíjese que de un día pa'l otro acaban
con las matas—es una verdadera plaga, papá. En veces
se me hace que el mundo está para acabar ya. Como la
biblia dice, en los últimos días va a haber munchas
plagas de insectos y animalitos.

"I wonder what Grandpa's thinking
about?"

"I don't know. He does look like he's off
in his own world, doesn't he?"

"Well, maybe he's got his hearing aide
turned off. Dad says he does that when
there's a lot of people talking at once."

"Really? So he doesn't hear anything at
all?"

—Pos, claro que se va a acabar el mundo, m'ijo. Ya
te lo he dicho un hatajo de veces—¿qué no me has
estao escuchando? Yo no sé por qué no me quieres
escuchar, pos es la misma cosa que te pasaba cuando
eras joven. Muncho pudieras haber aprendido de mí,
pero no querías ponerme atención y por eso eres tan
inútil ahora.

—¿Inútil? Mire, papá, es verdá que no tengo tantas
vacas como las que tenía usté ni puedo levantar el
yunque con una mano, pero yo he hecho cosas que usté
ni las ha soñao. Pos, cuando comencé a trabajar en Los
Alamos en cuarenta y cinco no sabía nada de la plo-
mería. Pero me apliqué, papá, y poco a poco fui aprendiendo hasta que acabé por ser uno de los mejores
plomeros de toda la unión.

—Sí sé el éxito que tuvites en tu trabajo, hijo, pero
mientras gastabas tu cheque en la plaza, mi rancho se
quedó abandonado.

"I wish Dad would dress a little nicer
for these occasions."

"Yeah, me too. But you know Dad—you
can't tell him anything."

"I know. Mom could never get him to
dress up either."

"Well, those pants look like he just
came in from branding the cows, if you ask
me."

—Es que usté no comprende, papá. Yo no pude mantener el rancho y todos los animales en aquel entonces. Después de la guerra me subieron el precio de los permisos—güeno, los que me dejaron tener, porque me quitaron la mera mitá de los permisos que usté tenía más antes. ¿Qué iba a hacer con las vacas si no las podía llevar a la floresta? Luego subieron las tajaciones también—izque para hacer aquel depósito en el río, pero ¿qué beneficio sacamos de la laguna que hicieron? Na'a. Es pa' la pura gente rica, y nojotros los pobres rancheros, pos nos quedamos con menos agua que nunca. Pero acuérdese, papá, que yo nunca quería dejar el rancho—yo sí quería quedarme allí, usté ya lo sabe—pero a mi esposa no le convenía. Ella decía que las escuelas de allá no servían y que los hijos necesitaban una güena educación y quién sabe qué más. Güeno, pero sí tenía razón, papá—la educación sí es muy importante. Y mire—yo tengo muncho orgullo de mis hijos—pos, ahora *ellos* trabajan en Los Alamos, y no acostado abajo el entarime como yo—oh no, ellos sí tienen muy güenos trabajos. Y ahora mis nietos están en el colegio—algunos hasta se han graduao y también ganan un güen sueldo.

—Sí, pero ni uno de ellos puede hablar contigo.

—Pos sí me hablan, papá.

—En nuestro idioma no. Mira m'ijo, yo también tengo muncho orgullo de la familia—pos, al fin y al cabo es mía—pero el cuento es que ellos no te pueden hablar. Oh sí, te dicen "Güenos días agüelo" y "Hauya-bín grampa"—pero no pueden platicar contigo, y creo que a mí me duele eso más que a ti. Pos, ¿cómo me van a conocer a mí? ¿Cómo van a saber quién era—quién soy—si tú no les puedes contar ninguna historia de mí? Ellos no saben cómo era la vida de antes, hijo. Pos,

'ora van al rancho para hacer picnic pero no saben que
yo abrí el primer camino pa'llá con un tiro de bueyes,
ni saben que yo tuve que limpiar todo el lugar con la
pura hacha. ¿Qué van a saber de nuestra vida, hijo?—
lo bonito qu'era. Pos, en aquel entonces sí había fe y
respeto también, y los vecinos se juntaban si fuera para
velar a un difunto o pa' hacer baile. Era una vida muy
dura, eso sí, pero era tan *bonita* también. ¿Qué no ves,
m'ijo? Cuando tú ya te mueras, yo también tendré que
morir.

> "Wake Dad up—it's time for him to blow
> out the candles on his cake."
> "I don't think he's asleep. It looks like
> he's just thinking."
> "Thinking? What's he thinking about so
> much at his own birthday party?"
> "Well, I'm sure we'll never know. It
> probably wouldn't make much sense to us
> anyway."

De velorios a casorios

—Güeno, que venga el Miguelito entonces—a ver si puede aguantar viviendo con una vieja jedionda —mana Josefa le dijo a su hija, poniendo fin al argumento. Era una disputa de muy larga duración, pues durante los tres años desde la muerte de su tata, la Frances había tratado de persuadir a su mamá a que viniera a vivir con ella en la plaza. La Frances se apenaba mucho de su mamá tan solita en el rancho, y al cabo que tenía mucho espacio en la casa ya que su esposo la había dejado. Pero mana Josefa siempre rechazaba la oferta de su hija, pues era una mujer independiente—"muy ideática", como ella misma decía —y no estaba dispuesta a abandonar ni su casa ni mucho menos sus "ideas".

A decir verdad, esa idea de que le mandaran a su nieto tampoco había sido la suya, pero la vieja cabezuda sabía hacer concesiones cuando le convenía, y ya que los reumos no la dejaba sobar, pues estaba obligada a buscar algún otro modo de alcanzar. Desde niña, mana Josefa había sobado a los parientes y vecinos gratis, pero después de enviudar, la pobre había empezado a cobrar por sus servicios, así juntando suficientes reales para pagar el telefón y de vez en cuando hasta comprar carne para echar al chilorio. Pero en el último año se había puesto tan mal de los reumos que ni siquiera un niño empachado podía sobar, de modo que la vieja "ideática" había determinado que su nieto sí pudiera caber muy bien en su casa—puesto que él le ayudara con los gastos de la vida.

Pero no había miedo con el Mike. Cada mes le daba dinero a su abuela y hasta comida le traía—jamones, bisteques, guajalotes—sólo que mana Josefa nunca supo que el Mike, quien trabajaba como aprendiz del carnicero en la tienda de comestibles Safeway, se jambaba la mayor parte de esa carne. Sin embargo, no lo pescaron robando; en efecto, el Mike nunca tuvo dificultades con la ley—bueno, fuera de aquella ocasión cuando lo cogieron pintando graffiti en las paredes del Hotel Coronado. Pero eso era una verdadera costumbre en el valle, pues cada primavera los graduados de San Gabriel High School andaban por toda la plaza, pintando los números de su clase por donde quiera. "84 RULES" el Mike había pintado aquella noche en una pared de T.G.&Y., y "84 KICKS ASS" en el peñasco negro del Black Rock Shopping Center. Pero ni había acabado de pintar "CLASS OF 84 EN LA VIDA LOCA" en una pared del Hotel Coronado cuando el guardia de seguridad del hotel, un sikh que se llamaba Singh Guru Santokah Khalsa lo sorprendió.

El sikh detuvo a Mike y sus dos compañeros hasta que los chotas vinieron a arrestarlos. Claro que el Mike no fue sentenciado a la penitenciaria por su crimen, pero sí le echaron fuera de la escuela a pesar de que no le faltaban más de tres semanas para graduarse. Bueno, el principal del jáiscul no podía hacer menos visto que el dueño del Hotel Coronado, Vicente Luján, también era presidente del cuerpo de educación de las escuelas municipales de San Gabriel. Aunque el Mike no se graduó con sus compañeros de clase, sí se vengó un cierto tanto de los sikhs cuando pintó "GURO GO HOME" y "GUROS SUCK" en la tapia blanca y prístina de su comunidad al sur de San Gabriel.

Muy contenta se había quedado mana Josefa cuando el Mike le avisó que él iba a tomar cursos durante el verano en el colegio de la comunidad para poder conseguir su G.E.D., o sea diploma de estudios generales, pero más feliz se hubiera quedado si el joven habría dejado de comer tantas hamburguesas. Mana Josefa siempre le advertía a su nieto que "esas jamborgues" eran puras porquerías que algún día acabarían con él, pero el Mike nunca le hacía caso. El siguió comiendo hamburguesas después del trabajo mientras que la buena cena que su abuelita le preparaba, los frijoles y tortillas que tal vez hubieran salvado su vida, se quedaban sin comer cada noche en la mesa lo mismo como se habían quedado aquella noche fatal cuando lo peor se cumplió y el Mike se murió comiendo "esas porquerías". Andaba saliendo del aparcamiento de McDonald's esa noche, pero como estaba tan ocupado tratando de abrir la caja amarilla de su "Big Mac", pues no se dio cuenta de la troca semi. El Mike había tenido mente de comer su "Big Mac" en el camino, pero acabó por viajar al infinito sin tan siquiera tragar el primer bocado.

Fue después del funeral de su nieto que mana Josefa por fin entró por el aro y se instaló en la casa de su hija. En aquel entonces mana Josefa también empezó a asistir a todos los funerales del valle. Cada mañana ponía la radio para escuchar las noticias de las muertes de la Casa Funeraria Sandoval. Aunque conocía a casi todos los difuntos que don Rogelio Sandoval anunciaba en su voz grave y ronca, ella también apuntaba la hora de los velorios de los que no conocía porque, como ella misma decía, "el rosario cuenta siempre". Pero lo que contaba más, quizás, eran las lágrimas.

—¡Ay que funeral tan triste! —mana Josefa le dijo a su hija una tarde cuando volvió del camposanto.

—Lloraron muncho, ¿eh? —le respondió la Frances.

—No —dijo la vieja con una cara larga—, no lloró nadien. Por eso fue tan triste.

No cabía duda que mana Josefa había hallado un pasatiempo bastante estrambólico, pero la Frances no le dijo nada. Ella nunca se entremetía en los negocios de su madre—bueno, exceptuando aquella vez cuando la Frances la hizo dejar de besar a los dolientes en los labios. Ella supo que eso estaba pasando cuando acompañó a su madre en un funeral de un difunto realmente de la familia, un tío que la Frances apenas había conocido. Cuando andaban dando el pésame, la Frances se dio cuenta que su mamá besaba a cada vieja y comadrita en los meros labios. "Pos, por eso anda enferma todo el tiempo"—reflexionó la Frances, y esa misma noche se lo echó en cara. Pero mana Josefa se quedó incrédula, manteniendo que un beso nunca había enfermado a nadien. La Frances, ya sabiendo lo terca que era su mamá, decidió tratar de meterle miedo, pues le dijo que corría peligro de contraer herpes. Cuando mana Josefa le dijo que ella no sabía qué quería decir esos "jeirpis", la Frances le había explicado que era una de esas "enfermedades de abajo".

—Por supuesto, sus comadres no la agarran asina. Son los malvaos nietos que andan putiando por todo el mundo. Llegan a la casa pa' besar a la agüelita y enférmase la pobre con el beso.

Después le pesó a la Frances haber comenzado todo ese negocio de herpes porque dentro de poco su mamá le informó que ya lo tenía. Más convencida se quedó la vieja cuando se le apareció una llaguita en la boca, y aunque la Frances le aseguró que todo lo que tenía era un resfrío, mana Josefa insistió en ver a Doctor Esquibel. Cuando el doctor anciano también le dijo que esa úlcera pequeña no tenía nada que ver con ninguna enfermedad venérea, mana Josefa le dijo a su hija que aquel viejo "maguanco" no valía truscos.

Con el tiempo y la desaparición de la llaguita en la boca, poco a poco se le fue olvidando a mana Josefa de las "enfermedades de abajo". Sin embargo, ella dejó de besar a los dolientes en los labios porque, como el dicho dice, más vale onza de prudencia que una libra de ciencia. Mana Josefa había citado ese mismo dicho a su hija cuando le explicó su idea para componer su perra que se había puesto alborotada. Como las mujeres no tenían el conqué para poder llevarla al veterinario, le vieja mañosa nomás amarró un par de pantaletas viejas en el fundillo de la perra para que no les valiera a los perros amorosos de la vecindad.

Sobre todo, mana Josefa era una mujer pragmática. Así también había hallado un modo práctico para mejorar el nivel de vida de ella y su hija. Ya que el exmarido de la Frances no pagaba los alimentos debidos, a las mujeres siempre les faltaba dinero al último de cada mes. La Frances nunca había tenido un trabajo, habiendo trabajado toda la vida en la casa criando a la familia. Pero ya que la familia se había ido, la Frances se había quedado sin habilidades y sin la experiencia necesaria para poder conseguir un trabajo decente.

Una noche mana Josefa se encontraba quejándose de la falta del dinero, diciéndole a su hija que más antes ella pudiera haber hecho algunos nicles con la sobadura, pero ya no. —¿Cómo voy a sobar ahora con este maldito dolor que apenas puedo detener las fregadas barajas en la mano? —mana Josefa le dijo a su hija mientras que las dos jugaban a la cunquián. Fue en ese momento que le dio una idea a mana Josefa—una verdadera inspiración.

—¿Te acuerdas de aquella noche cuando leítes la "focha" a tu tía Mariana con las barajas —preguntó la vieja.

—¿Cómo no? —respondió la Frances, riéndose al recordar el "fonazo" que había tenido aquella noche cuando le "adivinó la fortuna" a su tía. Claro que la Frances no sabía nada del significado oculto de las cartas, pero sí se acordó de lo que su mamá le había platicado de don Tobías, un viudo medio "eléctrico" que quizás se había prendado de la tía Mariana, pues no hacía mucho que había convidado a la viuda a que cenara con él. Sabiendo eso, le costaba poco trabajo a la Frances "leer las cartas", acertando que este rey de copas era un hombre muy galán de cabello blanco, un novio quizás, y la posición de esta reina de espadas quería decir que ella iba a recibir una invitación del hombre galán, tal vez para ir a cenar. La tía Mariana nomás apretaba las manos y decía—"¡Oh Dios!"— mientras que hacía fuerza de esconder una sonrisa. Se quedó tan admirada de su sobrina que hasta dijo: —¿Qué de deveras sabrá adivinar esta perrita?

—¡Qué de mi tía Mariana! —declaró la Frances, todavía riéndose y tirando una sota de oros en la mesa.

—No te rías, hija —dijo mana Josefa, jalando la sota para ganar el juego—. Asina mero podemos hacer ahora para ganar unos reales.

—¿Cómo?

—Pos, tú puedes adivinar la suerte a la gente—¿qué otra cosa?

—¿Adivinar la suerte? Pero yo no sé nada de ese negocio.

—No tienes que saber nada —le contestó mana Josefa con aquella luz en los ojos que quería decir que ya andaba forjando otra idea en la fragua de su mente—. Yo te digo cómo hacemos. Te podemos hacer un cuartito de oficina en el cuarto de dormir—ahi te quedas esperando a la gente y yo me siento con ellos aquí en el "livingroom". Mientras esperan pa' verte, yo les hablo, platicándoles de todos mis problemas—de como tengo un marido murre malo, o de como me están molestando tanto los reumos—lo que sea, ve. Luego les pregunto—"Y a usté, señora, ¿qué le pasa?" Cuando ya me han platicao todos sus problemas, pos nomás entro a decírtelos y asina podrás adivinar muy bien.

La Frances volvió a soltar la risa aunque sabía que su mamá no hablaba de chiste; en efecto, la vieja ya estaba buscando un nombre profesional para su hija. "Hermana Frances" no pegaba bien, y a "Hermana Pancha" le carecía carácter. Pero ¿por qué tenían que usar su nombre de verdad?—al cabo que las estrellas nunca utilizaban el nombre de su fe de bautismo cuando entraban en el "show business". De modo que mana Josefa pasó un buen rato experimentando con diferentes nombres hasta que al fin escogió uno que sonaba misterioso pero, a la misma vez, solía inspirar confianza: "Sister Lola". Cuando la Frances le preguntó por qué quería usar la palabra "Sister" en lugar de "Hermana", la vieja replicó que el uso del inglés traería a más gringos, y después de todo ellos fueron los que tenían la plata.

La Frances estaba cierta que ya sí se le habían ido las cabras a la vieja. Pero a la misma vez tenía presente que su mamá era muy duro de mollera, pues bien sabía que mana Josefa se iba a aferrar en su plan. Bueno, pero la Frances también tenía que admitir que ella no tenía mejor idea, y al fin de cuentas, leer la suerte a la gente tendría que ser mucho más divertido que limpiar la casa todo el santo día.

—Bueno, mamá —la Frances le dijo al fin con una sonrisa involuntaria—, aquí tiene a "Sister Lola".

—¡Ahora sí! —gritó mana Josefa, y de una vez se puso a trabajar para convertir el cuarto de dormir en el sanctasanctórum de la nueva mística y adivina "Sister Lola". Durante los siguientes días, las mujeres empujaron la cama para el rincón, metieron la mesita de la sala, y quitaron la puerta del dormitorio para poner una cortina hecha de cuentas coloradas que compraron a un "hippie" en "el Swap Shop del Aigre", un programa popular de cambalache que salía en la radio todos los sábados después de las noticias de los santos difuntos de la Casa Funeraria Sandoval. Las mujeres también hicieron un altar en la cómoda que llenaron de velas milagrosas y un verdadero batallón de santos. Luego consiguieron a Urbán Flores, un pintor local, para que les hiciera un aviso para el nuevo negocio, un retrato de la Virgen de Guadalupe en el medio de una palma con unas barajas de los cuatro palos arriba y un letrero abajo que decía: "Sister Lola, Consejera Espiritual".

—Es muy esencial el retrato de la Guadalupana —mana Josefa le explicó a su hija—, pa' que la gente no vaya a pensar que eres una turca.

Mana Josefa, siendo una mujer muy católica, sabía lo católica que era la gente del valle. Pero hasta los mejores católicos también necesitaban un consejo de vez en cuando, y Dios sabe que los parroquianos de la Iglesia de Cristo Rey no podían buscar ese consejo con el padre Ramón ya que sus problemas muchas veces terminaban por ser el objeto del sermón del siguiente domingo.

No cabía duda que había clientela en el valle, pero mana Josefa sabía que si deveras querían tener éxito con el negocio, tendrían que crear publicidad. Por eso había hablado con Filogonio Atencio, un músico y locutor de Radio KBSO, en un funeral donde estaba tocando el órgano. Ahí en la misma mortoria, hicieron un contrato para que el Filogonio les compusiera una canción original. Quizás el estusiasmo de mana Josefa también le inspiró a Filogonio Atencio porque compuso una canción pero genuina para "Sister Lola". Tenía una melodía tan encantadora que mujeres de San Gabriel a San Buenaventura la canturreaban en las lavanderías, y rancheros de todo el condado de Río Bravo la chiflaban mientras regaban sus alfalfas. Las palabras también pegaban murre suave, sobre todo las del estribillo:

> Sister Lola, Sister Lola, Sister Lola,
> Curandera de la gente.
> Adivina toda su suerte,
> Alivia su enfermedad.
>
> Sister Lola, Sister Lola, Sister Lola,
> Consejera religiosa.
> En dinero y en salud,
> Consulte a Sister Lola.

Mana Josefa hizo los arreglos para que Filogonio Atencio tocara la canción cada día después de los anuncios de las muertes en la Casa Funeraria Sandoval porque ella sabía que todas las viejas del valle tenían la radio puesta para esas horas lo mismo como ella. Aunque estaba muy ocupada ya con el negocio, mana Josefa mantenía su interés en los santos difuntos y claro que siguió asistiendo a todos los funerales, sólo que ahora lo hacía por motivos profesionales. Ella aprendía mucho escuchando el mitote en los velorios y en las reuniones después de los funerales. Muchas veces esa información les sirvió muy bien en el negocio de "Sister Lola".

Por ejemplo, un día llegó una viuda que mana Josefa conoció de una vez—pues ¿cómo no?—era la esposa de un negociante muy conocido del valle, un vendedor de casas movibles que había muerto no hacía mucho. Geraldo Gonzales se había muerto en el "trailer" que servía como la oficina de su negocio, "Sangre de Cristo Mobile Home Sales". Un calentador defectivo de butano había llenado el cuarto de dormir de monóxido de carbono, y él nunca había despertado. Todo el mundo sabía que Geraldo Gonzales no se había muerto solo. El periódico local, el *Río Bravo Times,* había publicado todos los detalles del gran escándalo, de como la policía había hallado a la secretaria de Gonzales con él en la cama, una joven de veinte años muerta en los brazos de su patrón casado. Pero lo que el público no sabía, pero mana Josefa sí—gracias a dos miembros platicones de la familia Gonzales que se habían sentado en el banco adelante de ella en el velorio—era que el negociante rico no había sido el único con un amor escondido porque mientras él estaba "chiteando" con la secretaria en la oficina, su esposa andaba compartiendo su propia cama con nada menos que el Primo Ferminio Luján, el director del Banco Nacional de Río Bravo y el patrón político de todo el condado.

Naturalmente, toda esa información le ayudó a Sister Lola cuando le tocó adivinar la suerte a la viuda. Y asina hicieron día tras día hasta que Sister Lola había ganado la fama de ser una mujer muy sabedora, una adivina que siempre atinaba. Pues, al último venía gente desde muy lejos a visitarla—hasta indios de Gallup y "nucas coloradas" de Clovis. Sólo Dios sabe cuánto dinero las mujeres hubieran hecho si mana Josefa no habría puesto la televisión aquella noche, pero por qué especular en imposibilidades cuando la verdad es que sí la puso.

Se había sentado para cuidar su novela favorita, "El Maleficio". Ella presumió que la televisión estaría puesta en el canal diez como siempre se quedaba en el Univisión, pero mana Josefa no sabía que los dos muchachitos traviesos que habían estado en la oficina durante el día habían cambiado el canal. Estos eran los chamaquitos de una gringa de Los Alamos que había llegado para que Sister Lola le diera un consejo acerca de la crianza de los mismos hijos, uno de cuatro años y el otro de seis. Había leído los libros de Dr. Spock, pero siempre tenía miedo que algo les hacía falta a sus hijos preciosos. Todo eso le platicaba a mana Josefa mientras que los dos niños atroces brincaban pa'rriba y pa'bajo, moviendo todo y chillando como unos animales mesteños. Mana Josefa, por su parte, se quedó convencida que lo único que les hacía falta a esos monstruos era una buena nalgada, y asina le dijo a su hija para que Sister Lola "hallara" tal fortuna en las barajas.

Pero fue entonces—cuando mana Josefa estaba adentro con su hija—que los dos muchachitos habían jugado con la televisión, cambiando el canal de diez a cinco, el canal de educación pública. Y cuando mana Josefa puso la televisión esa noche, no vido las brujerías de su novela sino un programa especial sobre la gran hambre en Africa. La pobre viejita se quedó inmóvil, empalada en la silla por la emoción. Estos muchachitos muriéndose de hambre, estos esqueletos con las barrigas hinchadas y los ojos vacíos—mana Josefa jamás había visto tales horrores ni se había imaginado que tanto sufrimiento existiera en el mundo. No durmió en toda la noche porque se le hacía que aquellos ojos hambrientos la cuidaban, y cuando al fin salió el sol por la sierra Sangre de Cristo, la imagen de esos muchachos muertos todavía no se borraba de su mente.

Esa misma mañana le vieja se ahincó delante del ejército de santos en la cómoda e hizo una promesa solem-

Habiendo resuelto eso, pues de una vez se puso a arrinconar a los gordiflones, pero todo el esfuerzo fracasó porque la mayor parte de los clientes obesos se ofendieron y se marcharon. Los que no eran tan quisquillosos por que corpulencia tampoco fa razonaba que toda esa manteca debía estar pegada en los huesos de los niños hambrientos de Africa. Así que la vieja, a quien nunca le habían faltado ideas, figuró una solución: todo lo que tendría que hacer era convencer a los gordos que llegaban a la casa de Sister Lola ponerse a dieta y luego mandar el dinero que no gastaban en comprar comida a los necesitados de Africa.

Habiendo resuelto eso, pues de una vez se puso a arrinconar a los gordiflones, pero todo el esfuerzo resultó contraproducente porque la mayor parte de los clientes obesos se ofendieron y se marcharon. Los que no eran tan quisquillosos por su corpulencia tampoco querían escuchar historias de la tragedia en Africa ya que tenían más interés en sus propios problemas. El negocio pronto fue de Guatemala en guatepeor, pues mana Josefa estaba tan preocupada por la obesidad de los visitantes que ya se le olvidaba preguntarles de sus problemas que, después de todo, no podían comparar con los sufrimientos de los niños africanos. Así que cuando entraba antes del cliente a platicar con su hija, todo lo que mana Josefa hallaba que decir era que a éste se le colgaba la barriga hasta las rodillas y que aquella otra parecía una verdadera hielera.

Pero mana Josefa no tenía toda la culpa de la bancarrota del negocio de Sister Lola porque había otros motivos que no tenían nada que ver con la obsesión de la vieja. Una mañana llegó un representante de la Cámara de Comercio de San Gabriel a informar a las mujeres que la ley les obligaba a comprar una licencia comercial. Durante la misma semana también recibieron una carta del Departamento de Ingresos del Estado de Nuevo México avisándoles que el negocio de "Sister Lola, Consejera Espiritual" no estaba registrada con el estado, así que debían los impuestos no pagados junto con el interés.

Al fin la Frances convenció a su mamá que le costaba más ser "Sister Lola" que no ser nadien. De modo que las mujeres quitaron el aviso con la Guadalupana en la palma de la mano y descolgaron la cortina de las cuentas coloradas, y la Frances consiguió un trabajo en Safeway, la misma tienda de comestibles donde su finado hijo había jalado. Mana Josefa hasta dejó de asistir a los funerales del valle, no solamente porque no necesitaban la información para el negocio sino también porque ya no se divertía con ellos. Habiéndose enterado del sufrimiento indecible de los niños africanos, mana Josefa ya no podía gozarse llorando.

Sin embargo, la vieja no se ha quedado encerrada en la casa nomás mirando las cuatro paredes, pues ya ha hallado una pasión nueva—a saber, el bingo. Ahora le obliga a su hija llevarla a todos los juegos de bingo en el valle, y hay bastantes—pues, los lunes juega en la sala de la Iglesia de Cristo Rey y los martes en el Centro de los Ancianos del Condado de Río Bravo. Pero los mejores juegos son los del Pueblo de San Pablo donde la vieja juega los jueves y viernes porque allí puede ganar premios mucho más amplios ya que los indios no están bajo la regulación del estado.

Mana Josefa hasta juega al bingo en la tienda Safeway. Todos los días llega a comprar algo, más que sea puros chuchulucos, porque cada vez que pasa por la caja le dan otros números para pegar en sus tarjetas de bingo. Por desgracia es la misma tienda donde la Frances trabaja, así que la pobre se avergüenza cada vez que su mamá llega a la oficina del manejador para exigir:

—Aquí andaba ayer y no me dieron mis "bingos". ¡Dámelos ahora!

Por fin la Frances se va a volver loca con todo este negocio de bingo, pero sabe que no hay remedio ya que su mamá se ha interesado en la nueva diversión. Al cabo que la vieja binguera parece tener mucha suerte, pues una noche hasta salió ganando cien dólares. Pero ni cien dólares le bastan a mana Josefa porque ella ha hecho otra promesa solemne, pues no dejará de jugar al bingo hasta que gane el gran premio de $20.000 en el Palacio de Bingo del Pueblo de San Pablo. En cuanto gane aquel dineral, se lo va a mandar a los niños hambrientos de Africa y luego sí podrá retirarse de las mesas de bingo porque la verdad es que no le gusta el juego ni tanto. Es un barullo bárbaro, pues ni conversar puede uno ya cuando comienzan a gritar los números. Al cabo que el bingo no entristece a uno, y mana Josefa está muriéndose por llorar.

Pero ella no está apenada porque ya tiene otro plan: tan pronto como se retire del bingo, empezará a asistir a todos los casorios del valle. Asina sí volverá a llorar con gusto.

The Holy Cheese

109

for Teresa

The Inventor

1

"That Inventor's crazier than...." Eluid Rendon paused, searching for the right word, the expression that would complete the comparison. But it was impossible, for this was truly a madness beyond words.

Eluid wasn't the only one who thought Urbán Flores —or the Inventor, as he was known around San Gabriel —was running a quart low. After all, the guy was cross-eyed as the devil and had the habit of laughing all the time for no apparent reason. Then there were the inventions.

God only knows what the Inventor created inside his jumbled workshop: Some said he was searching for a way to make gasoline out of water—others claimed that, like the alchemists of old, he was attempting to extract gold from ordinary stones, boulders he himself hauled down from the mountain out behind his house. The truth was no one really knew what the hell the Inventor was inventing, not even his own wife, nor much less the students and teachers at the high school where he worked. During the day, Urbán pushed a broom, but by night he turned into the Inventor, the genius muttering occult formulas through sparks of fire and dense clouds of smoke. And when another explosion came from his direction, the people of San Gabriel would simply shake their heads and say, "It must be the Inventor again."

As far as Father Ramón of the Cristo Rey Church was concerned, there was a lesson to be learned in the Inventor's lunacy; it proved, once again, the risk of allowing first cousins to marry as Urbán's parents had done. But mana Luisa, a *comadre* of one of Urbán's aunts, refuted that point of view, claiming that Urbán had gone mad as a hatter because of all the mercury his mother had given him as a home remedy for his constant childhood constipation. On the other hand, mana Josefa, who was mana Luisa's sister-in-law and also the godmother of one of Urbán's older brothers, said that all that mercury had never hurt the kid one bit and that he had been perfectly fine up until the day he fell in the sewer. Nowadays, of course, everybody has a septic tank, but back then, most people simply used an open pit for their wastes. During the winter when the water froze over, all the young boys liked to go ice-skating on the pits, except those with a little more sense never skated during the spring when the ice grew dangerously thin. Urbán had barely turned nine when, one bright March afternoon, he fell through the ice and nearly drowned in the sewage. But, whatever it was—the shit, the mercury or the incestuous relations—there was no doubt that the Inventor was out to lunch, and he hadn't been back for quite a while.

"The thing is, that Inventor came back crazy from the war," Eluid told his wife, Patty. But Eluid was using one of the classic defense mechanisms in the psychology textbook, self-projection. Urbán, indeed, had seen action in the Korean War, but he had returned home with both body and mind intact. He had survived the war thanks to his incessant laugh and that bad eye of his which had remained fixed on a landscape far removed from the battleground, the landscape of his own dreams.

Actually, it was Eluid himself who had been screwed up by the war, that other war in Vietnam. In a way, that lingering anxiety served as an asset in his work as a counselor for the Public Mental Health Clinic, for it helped him to better identify with the emotional problems of his clients. The only problem was that he sometimes identified with them a little too much, although on an unconscious level, as Freud would say. Thus, after putting in a full day of counseling disturbed clients, Eluid would return home a disturbed man himself to abuse his wife, not with physical blows but with words, or rather, the utter lack of them. Every night after dinner, he'd take off to the bars, sometimes not even bothering to come back home. Three years ago, he'd even taken a "sabbatical," as he put it, abandoning his wife and child to live with a chick who worked with him at the clinic.

Patty herself found it hard to explain why she had taken Eluid back when he had come knocking at the door a year later with his tail between his legs, begging her to let him in. Yet, she had done so, probably more out of pity than anything else. Certainly, Eluid had treated her like a bastard, yet she couldn't ignore all the suffering he had gone through in Indochina. Patty could understand, for instance, why Eluid was unable to celebrate Christmas like most people, not since that Christmas Day in Vietnam when a sniper had killed the guy sitting right next to him in the jeep. Likewise, Patty could sympathize with her husband when he went to hide in the mountains every Fourth of July. Although Eluid had served on a demolition squad in Vietnam, he could no longer tolerate even the firecrackers the neighborhood kids set off.

Patty could even forgive Eluid when he blew his top now and then like he had done with that "guru." At that time, he had recently quit school, even though Uncle Sam was still picking up the tab for his college education, but, as Eluid himself put it, he just couldn't stand being "locked up in a classroom with all those lunatics" any longer. So he had found himself a job working for a construction company managed by the "gurus," that is, the group of sikhs who had established a religious community in San Gabriel. Eluid liked the work well enough —ever since his childhood he'd enjoyed working with wood—but he couldn't stand his boss, a "guru" who wore a towel on his head and a dagger on his belt. It happened that one Monday morning, Eluid showed up hung-over for work and somehow got involved in a shouting match with his boss. When Eluid asked him whether he had washed the "diaper" before putting it on his head, the "guru" had replied that Eluid's face bore an amazing resemblance to a camel's ass. It was then that Eluid had said, "At least I don't look like an overgrown tampax with legs!" With that, of course, the pair had come to blows, and even though Eluid had ended up on the receiving end of most of them, he was still happy afterwards to have given that "diaperhead" a piece of his mind.

114

It was obvious that Patty had gone through hell with her hot-headed husband, but when he started poking his nose in her business, well, that was the last straw. After all, what did it matter to him if she wanted to make a visit to the Chapel of the Holy Mother, that new *santuario* that the Inventor himself had built on the precise spot where the Virgin had appeared to him?

3

"That Inventor was one of my clients—I'm telling you, he's crazier than a bedbug," Eluid told Patty, reminding her that only a lunatic would believe what a lunatic had to say. He should know, having dealt with plenty of lunatics himself, including this same Inventor who had appeared at the clinic one morning last year with a vacuum cleaner in his hand. The truth was that Urbán wasn't looking for a counselor but, rather, an appliance repairman, and he had simply walked into the wrong room.

The Inventor wasn't really to blame for his mistake, nor much less Eluid. Strange as it seems, it was the president himself who was at fault for reducing the level of funding the Public Mental Health Clinic received, thereby forcing the directors to take measures to economize. They had finally decided to rent half of the clinic's office space to a vacuum cleaner repairman. This fellow, one of the few blacks in all of Río Bravo County, had hit upon a perfect name for his new business, "The Vacuum Clinic." The only problem was that since both "clinics" were in the same building, folks who weren't all that careful could end up being rather confused, just like the Inventor who found himself sitting on a couch with his Hoover sweeper in one hand and his good eye focused on the face of a bearded stranger who said he was Eluid Rendón at your service. Although it took the Inventor a good while to realize he was not talking to the vacuum repairman, it never even occurred to Eluid that Urbán might be in the wrong place—the counselor just took it for granted that this smiling, crosseyed fool was a little touched in the head. After that first meeting, the Inventor made an appointment to see Eluid the following week, and chances are he'd still be seeing him every Wednesday afternoon had it not been for his conversion.

Yes, the Inventor found the Lord, even though he wasn't really looking for Him at the time. When leaving work one Friday afternoon at the high school, Urbán slipped on an empty bottle of Jack Daniel's Whiskey that some delinquent had thrown out, and he fell flat on the ground. As might be expected, the Inventor ended up spending several weeks in the hospital. While he was there, he met "Brother Santiago," a recovered alcoholic who was missing his right leg from the knee down, the result, he said, of a wound he received in World War II, though the nurses claimed that was a lie and that Brother Santiago's leg had been amputated because of his diabetes. Whatever the case, Brother Santiago had become a "holy-roller" who had pledged himself to doing the will of the Lord. He did his ministry in the San Gabriel Presbyterian Hospital where he would go from room to room on his crutches, stopping at each door to ask the identical question: "How's all the sick folks today?"

It the patients weren't dead already, Brother Santiago would finish them off with his boring sermons—all, that is, except for the Inventor who somehow was able to spend the entire afternoon listening to the endless homilies of the one-legged preacher. And when Urbán's wife asked him how he could stand to be locked up in a room all day long with that lunatic, he had simply answered, "Well, at least the guy's more interesting than that damned TV."

"Yeah," she replied, "but at least you can turn the television off."

Afterwards, it became impossible to "turn off" the Inventor as well, because the day before his release from the hospital, he also decided to take up the cross. Yes, he left the hospital a reborn man, even though the local wits claimed that the only change was that now, instead of making gold, the Inventor was making up fantastic stories.

4

"How could you believe what that crazy ass says after the priest raked him over the coals?" Eluid told Patty, and it was true that Father Ramón of the Cristo Rey Church had denounced the Inventor as the "devil incarnate." Yet, in spite of the priest's admonition, his parishioners didn't stop going to the Inventor's mountain where the "devil incarnate" had built a chapel to the Virgin. Three of the walls of the chapel were made of adobe, but the fourth was a boulder, the very boulder where the Virgin had appeared like an image on a movie screen. There on that same stone wall, the Inventor had painted the sacred image exactly as he had seen it that glorious morning. Naturally, there were a few know-it-alls who insisted that all the Inventor had done was copy the famous image of the Virgin of Guadalupe, but the faithful replied that it was no mystery that the two images looked alike since they were, after, the same Mother of God.

Meanwhile, the Inventor quit his job at the high school and began to make his living with tourism, charging the pilgrims to climb the path up to his chapel and selling them *retablos* of the Virgin. Although business was a little slow at first, it picked up considerably after the "miracle." Mana Luisa wrote all the relatives, describing every detail of the miracle that her *comadre's* demented nephew had performed, but mana Josefa claimed that all this talk about a "miracle" was just a bunch of gossip. Whatever the case, there were many who did believe the story about the blind man who had grown new eyes. According to the story, a Vietnam vet who lost his eyes during the war—not just his sight, but his very eyes—arrived one day at the chapel.

"Do you want to see again, my son?" the Inventor had asked the vet.

"You got hair on your balls?" the blind man had answered with a laugh, but the Inventor ignored the insult and, placing his hands over the vet's hollow eye sockets, prayed to the Virgin with all his might. And the story had it that by the following morning, the guy had grown brand new eyes—and, what was more, they were blue and not brown like the ones he had lost on the battlefield.

Eluid had heard that story a number of times, but all it proved to him was just how stupid and gullible people could be. And now his own wife was about to make a "pilgrimage" to the chapel of that crazy fool—actually, he may have been crazy but he was hardly a fool, judging from the way he was fleecing all those idiots who flocked to him like so many sacrificial lambs. Without a doubt, that Inventor was a dangerous man whose "Mickey Mouse Chapel" threatened the very mental health of the entire valley. Which was why Eluid had decided to take the law into his own hands.

5

"He was setting an aluminum ladder up on his roof when it happened," Brother Santiago told one of his "clients" in the hospital, an elderly man who had broken his leg in a fall from an apple tree. Brother Santiago was putting in full days now that everybody wanted to know what had happened to that poor guy who worked at the Public Mental Health Clinic, that Eluid Rendón who was in this same hospital recuperating from his terrible accident. It was the latest gossip now that the patients had grown tired of discussing the mysterious explosion which had destroyed the Chapel of the Holy Mother the week before. Now all the patients were repeating the story of how that new antenna Eluid had been putting on his roof had come into contact with an electrical line. And even though the doctors had amputated both his hands, everyone was saying the fool was pretty damned lucky.

According to mana Luisa, Eluid had nearly kicked the bucket out on the highway when the ambulance which was carrying him died right in front of the Inventor's mountain, the site of the Chapel of the Holy Mother which some unknown perpetrator had blown up with dynamite the week before. When they couldn't get the ambulance started again, they stopped a hippie who happened to be passing by in a Volkswagen van. The hippie told them, sure, he'd take the dude to the hospital—but no sooner had they transferred Eluid to the van than it died too. At last they had had to send

Eluid with an old rancher in a Dodge truck who was headed in the opposite direction. The *viejito* finally did get Eluid to the hospital, but only after circumventing the mountain on a route that was twice as long.

Mana Josefa, for her part, says that story is totally false and that the town gossips have simply fabricated it because they always prefer tall tales over the truth. Regardless of whether the story is true or not, the one thing that *is* certain is that Eluid now has two metal hooks at the end of his hands rather than ten fingers of flesh and bone, and he's finally let his wife take a job outside the house because their hospital bills are astronomical.

As for the Inventor, well, in spite of the fact that he's lost the chapel, his sole means of support, he has refused to sink into despair or even abandon his religion. On the contrary, he's now begun a new business, "Vacuums for Christ," whose motto is: "A clean carpet, a spotless soul." He sells vacuum cleaners from door to door, giving a free Bible to anyone willing to watch a demonstration of his machine. And for those who agree to purchase one of his vacuum cleaners, the Inventor offers to heal any member of the family, absolutely free of charge.

The Inventor hasn't lost his talent with the paintbrush either, and the proof of that is right on the door of his truck where he's painted the image of the same Virgin who appeared to him in the mountains except this Holy Lady is running—what else?—a vacuum cleaner.

La Muerte Bataan

1

Eduardo "Eddie" Rendón is the name of the main character in this story. He dies in the final paragraph. Though you already know Eddie's fate, you'll still want to hear about all the afflictions he suffered in his life. I already know what you're like: you won't even read this story if you don't encounter complications in the very first paragraph.

But I refuse to complicate the story, even if it means losing you in the second paragraph. This Eddie is a real person, and when one attempts to invent reality, it's not possible to observe all the conventions of fiction. Flesh and bone don't easily fit on a letter-sized sheet of paper.

Eddie Rendón was born in Agua Sarca, a small village of ranchers who live along the river near San Pablo Pueblo. He grew up in this place of apple orchards and rich pastures, enjoying a simple, rural existence much like that of his ancestors. But the war changed all that, not solely for Eddie, but for all the inhabitants of Agua Sarca and Northern New Mexico. I'm referring to the Second World War which split Eddie Rendón's life in half.

The spirited youth who had volunteered to fight

against the Axis returned from the war a troubled man, with his health shattered along with his beliefs. Afterwards, he didn't even attend the horse races at San Pablo Pueblo in spite of the fact that he had been known as the finest rider in the valley before the war. But since Eddie had returned from Japan with a twisted and stiff leg, he could no longer ride his swift sorrel.

But you're not going to want to waste time reading about this peaceful epoch in Eddie's life. You'll want to get straight to the point for, from the very beginning, you've demanded that this poor character go through trials and tribulations. So, without further ado, we'll put him right in the middle of the war—not in a torpedo gunship nor in a bomber high in the heavens, and not even in the bowels of a submarine.

No, we're going to condemn him to hell itself, the Bataan Death March. Eddie Rendón will have to suffer through three years of utter desperation in a concentration camp. I'm even going to give him the same nickname he got after the war—"la Muerte Bataan." After all "Eddie Rendón" is a fictitious name, chosen at random from a telephone directory, but "la Muerte Bataan" is the actual name of this unfortunate character.

2

In 1940, la Muerte Bataan joined the New Mexico National Guard, serving in the 200th Coast Artillery Regiment, an anti-aircraft artillery unit. The regiment of 1,800 New Mexicans were sent to the Phillipines to defend the island of Luzon, and that's where they were when the Japanese attacked Pearl Harbor. Soon after, the Imperial Army of Japan began the Bataan Peninsula Offensive and, by April 9, 1942, U.S. General Edward P. King was forced to surrender. The following day, the Bataan Death March began.

The victorious army forced the captives to walk the one hundred kilometers from the port of Mariveles to the town of San Fernando, and, from there, to various concentration camps. Thousands of Americans and tens of thousands of Filipinos perished during the march. No more than half of the young members of New Mexico's 200th Coast Artillery Regiment survived.

Now, several decades later, la Muerte Bataan continues to take the tranquilizers he'll depend on for the rest of his life. He does everything within his power to avoid remembering those years because the memories bring the inevitable nightmares that will rob him of his sleep. Then, the only way he'll be able to get over it is to spend a few days fishing up in the mountains.

But you won't want to leave him in peace; you'll demand to know all about those nightmares. Naturally, you'll justify your lack of compassion with literary excuses, arguing that every reader has the right to meddle in any affair of a fictitious character. But how can I possibly explain the suffering la Muerte Bataan went through without belittling it when there are no words capable of expressing such profound anguish?

Even so, you'll still insist upon knowing what spurred la Muerte Bataan on, what kept him walking on his injured leg, even while his exhausted companions collapsed around him and received a cruel death like that given to his colonel who was beheaded after refusing to carry the Japanese flag. What impelled la Muerte Bataan to survive in a concentration camp that had only a single water faucet for 4,000 men, that living hell where he was forced to work in the burial detail?

Will you be satisfied if I tell you that what gave him the inner strength to continue struggling was the memory of his baby who had only been three months old when la Muerte Bataan left for the war? He preserved the image of that baby or, rather, the concept of him because la Muerte Bataan could not even picture the child as he lay in the dark hold of that ship that carried him and hundreds of other prisoners to new concentration camps on the Japanese mainland. The captives received no more than a quarter of a canteen of water a day and, sometimes, not even that, until some of them grew so wild with thirst that they murdered their weaker companions in order to suck out their blood.

3

Now I could tell you that ever since then la Muerte Bataan has suffered from such an obsession about thirst that he refuses to leave the house without his canteen of water, even if he's only going to the post office. But that would be a lie less ironic than the truth. When he returned from the war, la Muerte Bataan got a job cleaning the laboratories of the Los Alamos scientists who had created the atomic bomb which had at last forced Emperor Hirohito to surrender to the Allies and release the prisoners of war, among them an emaciated cripple who had lost all hope of ever seeing his beloved Sangre de Cristo Mountains again.

There's yet another irony, and even though you may call me a liar, I'm going to share it with you because it's true. La Muerte Bataan's great-great-grandparents also participated in a death march, the "Long Walk" of the

Navajos. La Muerte Bataan doesn't know anything about the "Long Walk"; in fact, he's barely aware that his great-grandmother on his mother's side was a Navajo slave. But then, not even his great-grandmother herself realized the suffering her own people had endured because Mexican slave-traders had kidnapped her several years before the "Long Walk" began.

In the decade before the Civil War, Kit Carson, the famous scout who exploited the Indian people of the Southwest with such success, had pursued the "Diné" —as the Navajos call themselves in their own language —killing their livestock, destroying their corn fields and peach orchards, and contaminating the water of their lakes. At last, General Carleton was able to convince the U.S. government that they would never find a solution to the "Navajo problem" so long as the Indians remained in their native mountains where they could escape and hide with such ease. Thus it was that in the year 1863, the soldiers in the blue uniforms imprisoned the majority of the Diné in Canyon de Chelly and forced them to walk the four hundred miles to a concentration camp in the Bosque Redondo.

Many died along the way, some from exposure, others from hunger, and still others from sheer exhaustion inasmuch as the soldiers had orders to kill those who couldn't keep up with the rest. The army's horses ate better than the Diné who were forced to dig through the manure of those same beasts, searching for a few grains of corn they might use to grind a handful of meal.

Yet the walk was only the beginning of the suffering. For five years, the Diné remained in the Bosque Redondo, nine thousand people corraled on a desolate plain. There were neither barracks nor blankets enough to go around, and many families passed the winters huddled in holes without shelter from the elements. There were shortages of firewood and food, and, of course, the medicine necessary to combat the diseases that threatened to wipe out the proud and independent people. When the U.S. Congress at last had its fill of financing the genocide of the Navajo nation, they relieved General Carleton of his duties and closed the concentration camp at the Bosque Redondo. The Diné were returned to their native land, but they were never the same again.

One of the Navajos who came home to Canyon de Chelly was the brother of la Muerte Bataan's great-grandmother, the sole member of the family to survive the five years of captivity. Afterwards, he married a woman from Lukachukai and they had five children, four of which they succeeded in hiding from the American officials who, in those days, were taking Navajo children away to distant boarding schools. The Americans did, however, manage to capture the family's youngest son, Ch'il Haajiní, and sent him off to the Indian School in Santa Fe, New Mexico. Two generations later, the grandson of Ch'il Haajiní, George Begay, fought in the Battle of Iwo Jima and participated in the occupation of Japan. He also served as one of the famous "code-talkers," a group of Navajo soldiers who communicated secret messages in their native tongue which served as a code language so complex that the Japanese were never able to decipher it. After the armistice, the "code-talkers" were celebrated by the same government which, only a century before, had attempted to exterminate their ancestors, the same government that compensated the sacrifice of la Muerte Bataan with a bronze Medal of Valor.

Before going any further, I need to warn you about one thing: if you've already had it up to here with coincidences, you'd better stop reading right now because you're about to find another one. I'm going to finish this story with still another march, and if you feel that's contrived, well, it must be a contrivance of God because it *is* what is happening right now.

At this moment, la Muerte Bataan is in yet another march, except this is not a death march, but a parade. It's the grand parade of the don Juan de Oñate Fiesta which is celebrated every July in San Gabriel. La Muerte Bataan is on horseback, marching down main street with his fellow VFW members. Even though it's difficult for the aging and crippled man to ride, la Muerte Bataan is eager to participate in this year's fiesta because his son, Eluid, who is leading the parade in his tin "armor," is playing the role of the hero don Juan de Oñate, the colonizer who arrived in New Mexico in 1598 to establish the first European capital in the Southwest.

But la Muerte Bataan is not thinking about the history of the sixteenth century, nor is he remembering all of his horrible experiences in the war. No, he is riding in this worn-out cavalry reflecting on his own youth. He's thinking about the old days when he used to ride through the mountains with his father, searching for lost calves. He's remembering how his father never got lost in the mountains; he knew exactly where every spring was, and they would arrive, dying of thirst, and la Muerte Bataan would lie down in the tall grass and drink the icy water of the spring, drinking until it almost hurt.

That's what la Muerte Bataan is thinking when a boy in the crowd lining the route of the parade suddenly flings a firecracker to the street right under the hooves of la Muerte Bataan's horse. At the loud report of the firecracker, the spooked horse rears, throwing la Muerte Bataan off his back. He hits head first on the asphalt, suffering a severe concussion. Three hours later, at two-thirty in the afternoon, he dies of a massive cerebral hemorrage at the San Gabriel Presbyterian Hospital. And if you don't like it that he died, don't blame me. I didn't want to kill him—especially now that I had gotten to know him so well—but you insisted I do it. Yes, you had to have a climax in the story, and the only possibility is death. So, don't complain about the injustice of having la Muerte Bataan perish on a letter-size piece of paper. It's your fault—you killed him. And the worst thing is you had to do it with a firecracker made in Japan.

Easy

"Ooh, puras familias again," thought Isadoro "Easy" Trujillo as he inspected the garage where the party had just begun. "Not even a PG."

Easy checked out all the married chicks sitting in their folding chairs like so many teenagers at a sockhop in the high school. It didn't look like there was a single unattached woman in the whole place—bueno, what else did he expect? After all, his carnales had been married for years—Archy even had a kid in San Gabriel High. But Easy still agreed with the dicho that said, "Te casates, te fregates—You get married, you'll be harried." Anyway, Easy had it made with Chata, throwing the cruise with her every weekend through the arroyos of San Buenaventura and parking under the stars to make love in the back seat of his '64 Impala. In spite of being a little cramped now and then in the narrow seat, it was cool enough, and it certainly cost less than taking Chata to the show or, even worse, to a restaurant where she could really break him.

Bueno, but there was a drawback to that movida as well, namely, those high school bastards. One night a bunch of those babosos had driven up at the worst possible time. Easy pulled on his shorts and jumped into the front seat to start the car. But he shouldn't have put it in reverse, because he immediately got stuck up to the axle in the sand of the arroyo. Meanwhile, that bug-eyed gang stopped right in front of the window to ask Easy if he didn't need no help, but what the cabrones really wanted was to check out Chata. And Easy would've pulled his cuete—his pistol out of the glove compartment to teach them a little respect, but he was too busy zipping up his fly while the rear wheels kept spinning in the sand.

It was then that Easy decided to find some other place where those chingaos wouldn't mess with his movidas. It was impossible at his old lady's chante where Easy still lived at his thirty-six ripe years of age because—well, because his jefita never slept. Sure, she'd lay down for a couple of hours, but she never bagged a "z"—just prayed a couple dozen novenas and then jumped out of bed to clean the house that was already spotless anyway. Not a chance at Chata's place either. Her jefe couldn't stand Easy, and even though him and Chata had been making it for ten years now, Chata's old man still warned her she better not be going out with that "pa-chuco." But Easy had finally snapped that people don't really notice what's going on right under their noses—that's what he told Chata anyway when they parked behind the apple warehouse right in the middle of San Buenaventura, surrounded by several houses. As it turned out, Easy was right—nobody bothered him and Chata when they got it on, making their love that was even sweeter than the apples piled up in the warehouse.

But not tonight, reflected Easy—he wouldn't get nothing tonight because Chata was pissed at him. She'd been ragged out for a week now, and just because Easy had forgotten her birthday. Well, it wasn't his fault she jumped to conclusions—just because he'd withdrawn fifty bucks from the bank where she worked, Chata just took it for granted that he was going to take her out to some expensive restaurant or send her a dozen roses and a box of chocolates. So, a few days later, when Chata found out Easy had blown all the bread on an ounce of sin-semilla which he wanted to share with her when he knew good and well she didn't like to smoke weed, well, she'd blown her top. And then when Chata had complained that she had had to celebrate her birthday all solita, Easy had come out with one of his famous mistimed jokes. "¿Qué importa?" he told her. "It's just a birthday, another year older and a little more worn out."

Bueno, she *really* got steamed then—she wasn't even talking to him on the phone anymore, and then she went and told her jefe not to let Easy into the chante and you can bet the old man got off on that. So Easy had ended up alone tonight, thinking about how maybe his nickname oughta be "Easy Trouble," judging from all the hassles he got into all the time. By the way, Easy had gotten that nickname a long time ago, way back in grade school. The gringa teachers couldn't pronounce "Isadoro," so they just called the little brat "Izzy." Then, when he'd gone to high school, his cuates had started calling him "Easy" because the bato always took it so slow and easy, ése.

And that's how he'd do it tonight too, nice and easy— well, he wasn't going to let that bitch wreck his night. After all, he wasn't hitched—not yet, anyhow—and Easy looked at it like the dicho said: "Quien no tiene suegra ni cuñado es bien casado—He who has neither mother-in-law nor brother-in-law is well-married." It was just too bad that all these mamasotas here tonight were also "bien casadas," but what could he do about that? Bueno, Easy figured he might as well feed his face, so he followed his nose into the kitchen. Levi and his wife Linda sure knew how to throw a party—the food was out of sight, Easy thought, as he piled up his paper plate with enchiladas, posole, frijoles, red chile, green chile with pork meat, tamales, salad, tortillas, bizcochitos, and rice pudding, and headed back to the garage to throw a munch.

As per custom, all the batos were bunched up in front of the door while the women sat together off by themselves—that is, except for a few newlyweds. Kids were running everywhere, ripping off beer from the tubs and just generally raising hell. Switching his plate from one hand to the other, Easy gave a Chicano-shake to some of his cuates and back-slapping abrazos to others. Joe Chamaco was there, right by the beer tub, of course, and next to him was that lawyer Robert Rosencrantz who was telling Américo "el Chaparrito" Gonzales about how the Chicanos Unidos really had the Primo by the balls this time. Levi DeAgüero, a bato who had a tatoo of the Virgin of Guadalupe on one arm and a naked chick on the other, was shooting the shit with Meli-boy. Bueno, the guy's real name was Juan de Dios Melisendro and So On and So Forth—hell, they named that poor bato after every saint in the book, so everybody just called him Meli-boy.

Damian Medina, a world-class bullshitter, was leaning up against the door frame, listening to Eluid Rendón tell another one of his "believe-it-or-not" stories about his experiences in San Gabriel High School and the United States Army, and the funny thing was you could never tell which of the two institutions he was talking about. Then the local postmaster and painter Archy Leyba got cranked up and started repeating the same story he told at every damn party, the tragic tale of George Esquibel, a heavy-duty artist who had thrown away his talent and his health. The bato had even worked for Walt Disney at one time, but he had ended up on the streets of San Gabriel, homeless and all on his own, just searching for another drink until he had finally frozen to death one bitterly cold January night.

"When he died, we lost one of the most chingón artists that ever lived around here!" Archy said. "I remember how the poor cabrón used to come around now and then to hit me up for money. And you know, I'd give him whatever spare change I had—I'd *loan* him the feria, that's what I always told him because he was still a proud old bato even if he was a bum. And he'd make me a drawing, he always had to pay me with a picture before he split, even if he was shakin' so hard he couldn't hardly hold onto his pencil. I still got all those pictures, mostly sketches of the Sangre de Cristos or the people who happened to be in the post office, and I bet you they're worth some money now. Doncha think? I mean, that's how it *always* is, no? Your work ain't worth shit till you're dead. What you up to Easy—five feet?" Archy asked with a smile buried in his formidable whiskers.

Easy, of course, didn't want to stick around and hear more stories about the most chingón artists of the valley, especially now that his food was getting cold on his plate, so he just said, "Bueno, ahi te guacho—check you out later, bro"—and he split to find a place to chow down.

There at the first table was Archy's wife, Debra, sitting across from Patty, Eluid Rendón's old lady. At the other end of the table, Marcie, the lawyer Rosencrantz's good-natured wife, was chewing the fat with the lady of the house, Linda, an overweight chick that Easy didn't know all that well since she'd grown up in Burque. Easy checked out the scene and figured he might as well sit down with Debra—well, it was family night and, anyway, she was the only blondie in the group. "Hey, chulitas—how's it going?" he greeted them with his brew balanced in one hand and his soaked plate in the other. When the women responded in unison with a laugh, Easy snapped that he had bean juice running down his pants.

"How're the kids?" Easy asked Debra as he sat down, more than a little embarrassed by the stain on his levis.

"Fine, thanks. And you—how have you been? Where's Chata?"

"Don't ask," he answered with a look of disgust as he shoveled down enchiladas and posole. "Don't *even* ask.'"

"Okay," Debra giggled, shaking her blond curls and setting Easy off on a fantasy of what it would be like to make it with this chick that was such a good cook, good mother, and, yes, blond too. That bearded postmaster wouldn't stand a chance up against him—ni modo.

But, when in hell would he find the ruca of his dreams?—just a simple woman, loyal and hard-working —bueno, and good-looking too, built like a Playmate of the Month—in short, his mother in Bo Derek's body. And this Debra, well, she almost fit the bill—she was blond but she could be a bitch too. Easy liked women who knew their place, not chicks who tried to put you in your place.

"So, how's it goin' with Chicanos Unidos?" Debra asked.

"Oh, just like always—still hassling with that cabrón Ferminio," Easy answered, referring to the famous patrón who controlled Río Bravo County by sticking his finger in every pie from the public schools to the policía. For ten years, the Chicanos Unidos had hammered away at the Primo, and even though they had never beat him in an election, they had kicked his ass in court. De veras—their lawyer Rosencrantz had beat the

Primo in court, and more than once too, in spite of the fact that the old patrón had most of the local judges in his hip pocket. Still, the Chicanos Unidos were never much more than an annoyance for the political boss, kind of like a painful boil on the Primo's ass, because after ten long years of endless skirmishes, everything remained more or less the same. There was that one time when the carnales of the Chicanos Unidos thought they really had the old man's nuts in the vise—that time when the Appeals Court had found the Primo guilty of perjury. And what other verdict could they return?—everybody and his dog knew the Primo was lying when he swore he had had nothing to do with that marijuana that somebody had planted under the seat of the Chicanos Unidos' candidate for sheriff, Américo "el Chaparrito" Gonzales. The sweetest moment of all had come when the Primo had been forced to resign his seat on the State Legislature, but, in the end, the mordida had triumphed, just like it always did, and the judges of the New Mexico Supreme Court had swallowed their pride and pardoned the sonofabitch.

"But you know what?" Easy said, leaning closer to Debra as if he wanted to speak to her in confidence. "They got my phone bugged. Me la rayo, ésa!" he added when the blondie hadn't recoiled in horror.

"Serio, ésa," he continued. "They're following me —you know, the Primo's goons. That's why I don't go nowhere without my cuete. Didn't I tell you about what happened the other day at Wolf's Sporting Goods? Pos, I was checking out the fishing rods when all of a sudden I spot this gabacho staring at me—real *strange* dude, with a business suit, a crewcut—the whole trip. I mean, what in the hell would a bato like that be doing in Wolf's Sporting Goods? And listen, just as soon as I spotted him, the cabrón took off—simón que sí. Pos, I think he was F.B.I.—or maybe even C.I.A. I don' know, ésa—one of these days they're gonna find me out in the middle of nowhere with my brains blown out."

"You know what you need?" Debra said with firmness in her voice. "You need to settle down and get married. Just look at you—how old are you, anyway?"

"Bueno, twenty-nine."

"Just *look* at you—twenty-nine years old and still cruising through town like a teenager. You ought to get married—there's plenty of women around looking for a good man."

"Yeah, I know, pero está pesao—you don' know how hard it is to find a ruca that...."

But before Easy could start talking about his "ideal ruca," Linda turned up the stereo and the postmaster pulled Debra out to dance. Archy never hung around with his old lady at parties—pos, what would all his carnales think? Nevertheless, Archy was the jealous type—"un gallo muy celoso," as Al Hurricane Jr. sang in one of his favorite songs.

Bueno—Easy reflected, seated alone at the table—she's too damned smart for her own good anyway. He didn't like his women too smart—well, but not too stupid either. So, Easy just kicked back, polished off his Schlitz, and scoped out the scene. He even thought about sparking up that joint he had in his pocket, but then he changed his mind. There was too much familia here tonight and somebody'd probably get bent out of shape, no doubt one of his own married buddies, the same batos who used to toke up all day long. Bueno, it was like the dicho said, "No hay mejor amansador que el casorio—Nothing will tame you faster than a wedding." But Easy didn't want to go outside to smoke that leño either, pos estaba muy comfortable right where he was.

But the way it looked, he might have to split after all

now that Linda was playing that awful disco music. Bueno, Linda and Levi were the perfect hosts, all right —they had Schlitz *and* Coors, and they kept varying the jams too. Linda played a Prince album—apparently, the Burque gang got off on that joto. Then she put on a Tiny Morrie song, "Por el amor a mi madre voy a dejar la parranda," and all the San Gabriel locos kicked their heels up in a polka. And for her cowboy brother-in-law and all the Tex-Mex freaks in the crowd, Linda cranked up Country Roland García singing the "Corrido of Gabino Barrera," except the way Country Roland sang it, old Gabino sounded like a redneck out of Waco, Texas.

Just when Easy had decided to go outside and smoke that weed after all, Linda finally put on a decent record, an Antonio Aguilar album, and now that Tony was suffering still another betrayal from those "evil women" who always seemed to be fucking with his head, Easy figured the moment had come to hit the dance floor. Anyway, the mosquitoes were so bad that the only way you could even stand to be outside was if you stayed right in front of the smouldering piles of horseshit Levi had placed around the yard. Bueno, so Easy checked out the garage where there were more couples than at "Bingo Night" in the Knights of Columbus hall. Well, there was *one* promising güerita sitting over there with the Burque crowd. So, Easy hitched up his frijoles-stained levis and stepped up to the chick, slow and easy-like.

"What's goin' on?" Pause. Give her a chance to check him out. "You wanna dance?"

"Sure," the blond said with a smile. But, as soon as she stood up, this giant also got up—the bato must have been seven feet tall.

"Hey dude," he growled down through the stratosphere at Easy, "she's my wife and *I* dance with her first!"

"Bueno, bro, no hay pedo—it's cool, ése," Easy said, retreating to his chair at the table and watching the couple fight like...well, like a couple of married folks. Bueno, like the dicho says, "El que se casa por todo pasa—Once you get married, you go through it all." But what Easy couldn't understand was where that fucking Viking had come from anyway—pos, Easy had thought the bato was standing when he had been sitting down all the time.

Bueno, so much for Antonio Aguilar and "Sin Sangre en las Venas." Another blond bites the dust. That's life, ése.

But what a pain in the ass! Maybe he'd be better off just goin' on home—it was gettin' late. Anyway, he oughta call up Chata. See what she was doing tomorrow. Maybe she'd cooled down a little by now. Bueno, he could give her some bullshit about how he missed her and all that. Except he wasn't going to apologize—after all, he hadn't done nothing wrong.

But that was exactly what she'd want, he thought—that's what she *always* wanted when she got pissed. But not this time—no, this time he refused to let her win. Of course, he could *pretend* to be apologizing when he really wasn't.

And what if she wasn't even at the chante? Well, where else *would* she be? Yeah, he'd better split and check up on her. You couldn't trust single chicks, especially if they weren't virgins—he oughta know.

But at that moment who should tap him on the shoulder but Debra. "Would you like to dance with me?" she asked.

"¿Cómo no?" Easy answered. Anyway, Archy wasn't around—probably out throwing a leak or something.

138

Bueno, and Debra was pretty good—too damned smart, but pretty good anyway.

And she was blond.

The Holy Cheese

1

It was an act of God. There was no other way to explain how a halo had appeared over the head of Amos "the Cheese Candidate" Griego in the political ad published in the *Río Bravo Times*.

Yet, there were few valley residents willing to believe that the candidate for the San Gabriel School Board had received the endorsement of the Almighty; in fact, the "Marching Mothers" went so far as to claim that Griego was the devil himself. These mothers had begun "marching" after the "Cheese Candidate" had been named to fill a vacancy on the board of education. Emily Wolf, owner of a sporting goods store, and Sue Weaver, the widow of the school board member whose death had created the vacancy on the board, had founded the group of mothers fed up with all the politics in the public schools.

For more than two decades, Ferminio Luján—or "Primo Ferminio," as he was better known—had ruled the political roost in Río Bravo County. The Primo had begun his life of "public service" as the county sheriff. Since then, he had consolidated power in the classic manner, granting favors and denying them, until he felt fully justified in claiming, as he had in an interview with the *Río Bravo Times*: "There's not a single family in the whole county that doesn't owe me a favor."

Of course, it wasn't just the humble folks that "owed favors" to the Primo; the members of the United States Congress themselves were beholden to the patrón, for even the most powerful senator needed the votes the Primo delivered a block of ballots that often meant the difference between victory and defeat. Once the legislators were bridled and the judges and law enforcement officials harnessed up, there only remained the municipal schools for the Primo to tame (and, of course, the four hundred jobs controlled by the board of education). And the Primo did take over the schools too when he pulled all the right strings to get his oldest son, Vicente, elected to the school board.

The "Luján Machine" had been chugging along very smoothly for some time, running on all eight cylinders, as they say, but then that engine suddenly choked when Lester Weaver won a seat on the school board. This owner of an insurance company had broken up the majority the Machine had maintained on the board for years. It was no accident that, year after year, Weaver sold more insurance policies than any other agent in Northern New Mexico, in spite of the fact that Río Bravo County had the highest unemployment rate in the state. He was an amazingly persuasive fellow, as was abundantly clear in the school board meetings when he would convince Geraldo Gonzales to join himself and Miguel Fernández, the other board member opposed to the Lujanes, in defeating every motion Vicente Luján would make.

Naturally, the Primo settled accounts with Geraldo Gonzales, who soon found himself facing an investigation into a number of suspicious loans he had received to finance his mobile home sales business, "Sangre de Cristo Mobile Home Sales." Even though the Primo himself had arranged those interest-free loans from the bank he controlled as president of the board of directors, he had now unleashed the wolves in the attorney general's office to gnaw away at the bones of his unfaithful ally.

But, as it turned out, the Primo had not had to worry all that much about Lester Weaver since the fool had been kind enough to cook his own goose. It happened on New Year's Eve, exactly at midnight, in fact, when all the neighborhood machos were outside shooting off their pistols and shotguns to kill the old year. The guests at the Weavers' annual bash were blowing their noisemakers, exchanging drunken kisses, and offering toast after toast to the new-born year, but Lester Weaver and Laurie McFerson, the wife of Weaver's business partner, Hank McFerson, were enjoying a secret and passionate celebration of their own—suffice it to say they weren't singing "Auld Lang Syne" behind the locked door of one of the three bathrooms in the huge house. When your number comes up, you've got to go, the old ones used to say, and Lester's number surely must have come up, for when he heard the shooting, he decided to peer outside just as a stray bullet came crashing through the bathroom window and his main aorta as well. And even though they rushed him to San Gabriel Presbyterian Hospital, Weaver was dead on arrival.

There were some who observed that Lester had only gotten what he deserved for being such a shameless adulterer, for there weren't many folks around who didn't know about "Lester and Laurie," at least among the gang that hung out at the major gossip centers in town, the Cowboy Family Restaurant, the Mexican Image Bar, the Chuckwagon Cafe, and the Saints and

Sinners Lounge. Those in favor of gun control—a true minority in Río Bravo County—held that the tragic incident proved once again that it really was guns that killed people and not people who killed people, as the members of the National Rifle Association claimed. But Emily Wolf wasn't concerned about the immorality of the late insurance agent, nor did she care much about the arguments for and against the outlawing of weapons—what she was worried about was the rumor going around that the Luján Machine planned to take advantage of this opportunity to reassert its control over the public schools. Vicente Luján, they said, was prepared to nominate his brother-in-law, Amos Griego, to fill the vacancy on the school board.

That was why Emily Wolf and Lester's widow, Sue Weaver, had established the "Marching Mothers." The women organized community meetings in the parish hall at the Cristo Rey Church, raised funds to hire a lawyer, wrote letters of protest to the State Superintendent of Schools, Lawrence DiLorenzo, appeared before the New Mexico State Board of Education with a stack of petitions, and, of course, marched in the streets, chanting, shouting, and carrying their anti-Luján placards. One of those placards which Emily herself had painted ended up pictured in the *Río Bravo Times*. "The Skunk Underneath the Barracks is Named Luján," the sign read in an allusion to the charge that Emily's son, Tommy, had made in a rally attended by some 400 valley residents.

Tommy, the president of the Senior Class and one of the star athletes on the San Gabriel High School football, basketball, and baseball teams, had stood up in front of the crowd to denounce the deplorable condition of the high school. There were countless broken windows in the gym, he said, and never any hot water in the dressing room showers, and the uniforms the San Gabriel Demons played in were so worn-out and tattered that every team in the conference made fun of the poor ragged devils. Furthermore, Tommy had continued, the classrooms were ready to fall down, with heaters that never worked, light fixtures whose bulbs had been burned out for years, and bathrooms that were so filthy that you were afraid to even set foot in them. Many students, he said, had to attend classes in decrepit barracks that were home to several families of skunks. "I'd like to see if any of you could concentrate on your history lesson in that stench!" the young man shouted to a thunderous roar of applause.

Tommy's speech caused an uproar in the San Gabriel Valley, so it was no surprise when even more people showed up at the meeting the following week when the Lujanes planned to name Amos Griego a member of the school board. In fact, there were so many people—some 900 citizens, according to the *Río Bravo Times*—that they had to move the meeting to the gym. In spite of the fact that the Marching Mothers had come for blood— Luján blood, to be specific—the school board president, Vicente Luján, remained regally aloof, arrogantly informing Emily Wolf that inasmuch as the Mothers had failed to make the necessary application to appear on the official agenda of the meeting, which application had to be filed in the office of the superintendent of schools no later than one week in advance of the meeting, they would have to wait until the business of the board had been finished before making their presentation. And when Emily tried to raise an objection, Vicente cut her off with the slick syllogisms that seemed to stream endlessly out of his mouth.

When they eventually did yield the floor to Emily, the outraged woman blew her top, loudly declaring that the school board was no more than a gang of bootlickers and brown-nosers. As she continued her harangue, the board members, seated beneath the basketball hoop, sank into their chairs like so many turtles trying to crawl into their shells—all, that is, except for Vicente who remained erect in a posture of lofty rigidity. When Emily and her associates finally finished their speeches, Vicente returned to the microphone to lash back at them in an equally bitter attack.

"My dear neighbors and friends, these women have had a lot to say about 'the people.' Well, I, for one, have had it up to here with this smoke screen—and make no mistake about it, my friends, what we have here is a complete and utter fantasy. Do you really think these ladies who have never left Fairview Heights know anything at all about 'the people?' Well, then where are all of the mothers from Cañoncito, la Canova, and la Cuchilla? These so-called 'Marching Mothers' have never even been to most of the hundreds of villages that make up our school system—villages just like yours and mine. What do these high-faluting socialites really know about our proud people who have been struggling to scratch out an existence on this land where we've lived for three hundred years?

"Here you have before you a man who truly *does* know our people, a neighbor of yours and mine who has spent his entire life struggling right alongside us to improve the lives of our children! Yes, Amos Griego, a self-made man, a man who is proud of his family, proud of his culture, and proud of his community!"

With that, Amos rose and made his way to the podium, accompanied by a chorus of boos and hisses which Vicente answered with a rain of blows from his gavel. When the uproar at last died down, Amos "the Cheese Candidate" Griego began to defend himself.

"All I ask from you is that you give me a chance, the chance to use this book to serve you and all our children!" he declared, holding a Bible aloft in his hand, the same Bible, he said, that his father had given him before passing away.

"King Griego"—everybody in the gym murmured in unison, for that had been the nickname of Amos' late father. The retired carpenter had received that "title" late in life when he had become a self-made biblical "scholar." "King Griego" never tired of telling every poor soul he could corner at the post office or the barbershop that he was a direct descendant of the kings of Israel. And when "King Griego" died of a heart attack and Father Ramón said, "May he rest in peace," there was no doubt that the priest would finally get the chance to "rest" a little too now that "King Griego" wouldn't be around to interrupt his sermons and correct his interpretations of the scriptures.

Amos Griego also interpreted a verse from the Bible that evening before the Marching Mothers and the 900 angry spectators when he read from the Second Epistle of Saint Paul to Timothy: "Use all care to present thyself to God as a man approved, a worker that cannot be ashamed, rightly handling the word of truth."

"And *this* is the truth!" he exclaimed, lifting the Bible high above his head again. "The truth is that I'm going to fight day and night to keep politics out of our schools!"

Luckily, it was winter time, for if Amos had made that last statement during the harvest season, there's no doubt the Marching Mothers would have peppered him with rotten tomatoes and overripe melons. Instead of vegetables, they showered him with raspberries, booing him right off the podium. But that presented no problem for Amos who really didn't have much more to say,

147

neither that night nor in the two years since he has been sitting on the school board, for that's all he's done—sit, just like a stump on a log. Of course, he never was expected to say much—all he's had to do is vote the way Vicente votes. Miguel Fernández, the only school board member still opposed to the Luján Machine now that Geraldo Gonzales has been "straightened out," finally got so fed up with the "Cheese Candidate" that once, after listening to another one of Vicente's long and incomprehensible speeches, he publicly challenged Amos to give his point of view, his opinion about the motion Vicente had just finished advancing. Amos simply opened his eyes, which always seemed to be half-closed as if he were lost in an endless daydream, and delivered his straightforward answer: "I say the same as Vicente."

When the laughter in the audience at last dissipated —laughter strictly limited to the reporter from the *Río Bravo Times* and a few scattered individuals from the community inasmuch as the teachers, principals and other employees of the public schools had long since learned how to suppress their laughter when it was necessary—Miguel Fernández pressed on, telling Amos that if it was true that he was only "saying the same as Vicente," then, what, exactly, was Vicente saying? Once again, Amos rose to the occasion with an observation that was so frank it was impossible to judge whether it had been motivated by simple honesty or even simpler stupidity. "I don't get it all," he said, "but I bite off enough to chew on."

Now that his two-year appointment had expired and Amos was running for his own six-year term on the school board, Emily Wolf and the Marching Mothers also had found plenty to "chew on" and, once again, they found themselves marching in the streets, working for the defeat of Griego in the upcoming election. The

Mothers reminded the public in their press conferences and demonstrations that everything they had predicted two years before had come to pass. There was more politics than ever in the schools. The condition of the school buildings had deteriorated right along with the quality of education their children received in those ramshackle classrooms. In fact, the only thing that *had* improved was the office of the Superintendent of Schools Josué García, a political kingpin in the Luján Machine and a notorious ally of Primo Ferminio. The superintendent had not approved the purchase of a single textbook in the last two years, but he had ordered the complete renovation of his office. Worst of all— Emily complained—he had redecorated his office with furniture purchased from a business owned by none other than Amos "the Cheese Candidate" Griego.

2

Over the years, the Lujanes had developed a thick skin when it came to spurious attacks in the press, but this latest attempt to besmirch the family name went a little too far. Now, Emily Wolf—or "la Loba," as members of the Machine had begun calling the brazen gringa—had charged over the radio that Amos Griego had been warning all the senior citizens in the county that anyone who didn't vote right was running the risk of losing the free cheese that the government distributed to the needy. Even though everybody started calling him the "Cheese Candidate" after that, Amos was reluctant to respond to the charge; however, his wife Mela, Primo Ferminio's only daughter and, in the opinion of most folks, the one who really wore the pants in the family, took it upon herself to defend her silent husband. She even swallowed her pride and submitted to an interview with the *Río Bravo Times* in spite of the fact that she despised the editor, Bill Taylor, who, in the past, had crucified her in an editorial he had written about the Indigent Fund that she administered. Although those public monies were set aside to help the poor pay their hospital bills, Mela only approved applications when there was an election coming up, apparently to also help the needy decide how to vote. Naturally, one hardly needed to be impoverished in order to qualify for remunerations from the fund, that is, unless the vice-president of the Río Bravo National Bank could be considered an "indigent," for his name appeared in the list Taylor published of judges, policemen, city officials, county commissioners, and other subjects of the Luján Machine who had received money from the Indigent Fund.

But this tall tale about the cheese—well, aside from the fact that it was "utterly false," it was also "totally absurd" as well, to use the words Mela had chosen in her interview with the newspaper. "This cheese program has nothing to do with the Lujanes," Mela had declared. "It's the president's program, the same president who has made the rich richer and the poor a whole lot poorer. He gives the millionaires a big tax break, but to the poor he tosses a piece of cheese. *That's* where you ought to be looking for corruption—at the White House, not here in this poor county."

But the people of San Gabriel knew there was no need to leave the valley in order to find plenty of abuses in the political system; in other words, they agreed with Emily Wolf when she insisted that Amos had been using that "Reagan Cheese" as a tool of extortion among the county's senior citizens. Emily had first made that accusation on Filogonio Atencio's program, "el Swap Shop del Aigre." The program that aired every Saturday morning at nine-thirty was, beyond the shadow of a doubt, the most popular one on Radio KBSO, not solely because people always love to purchase their neighbors' junk, but also because Filogonio Atencio had transformed this "flea market of the airwaves" into a fascinating broadcast of philosophy, folklore, and folk wisdom. Filogonio was a true communicator— there was nothing he loved more than talking with people, asking their opinions, scrutinizing their thoughts, and challenging their ideas.

As one might expect, the majority of the callers on "el Swap Shop del Aigre" were not terribly entertaining, yet Filogonio knew just how to orchestrate a conversation so his listeners wouldn't get bored, whether it was with a joke he threw in or an especially appropriate dicho, for he knew an amazing number of proverbs and traditional riddles. Sometimes he'd even break out singing, as he usually did when someone called in with an old jalopy for sale and the zany announcer would wrap up the conversation with a verse from the song, "Mi Carrito Paseado":

> It's got dos fenders twistiados
> Y los tires bien gastados—
>   It's got a roof made of cartón.
> It's got a leaky radiator
> And a broken generator—
>   It's got a messed-up transmisión.

Now and then, he'd receive a call from a person who was a true original, in which case, Filogonio would simply let them rattle on, just as he had done when Abel Valerio, a rancher from El Rito de los Pinos, had called

151

with his entire herd of livestock for sale—his cattle, calves, bull, Jersey milk cow, and even his forest permits. Having spent his entire life on the ranch, Abel had finally decided to throw in the towel. "They've got us rancheros all fregaos," he said, explaining how he made less money every year with his cattle and his harvest, yet his costs just kept going up—especially those "goddamned permisos" that one had to pay for in order to run livestock on the National Forest lands, the same mountain land Abel's ancestors had used freely before those "blue eyes" had come to rip it all off.

"Say what you want to—no me importa," the indignant rancher declared. "I've got seventy-eight años, and I still say Tijerina was right. But we're just a bunch of pendejos—fools, I'm telling you. Mira—how come we didn't get together with Tijerina—all of us rancheros? Pos, maybe then we could've gotten back our tierra. That pastureland, it belongs to us, just like Tijerina dijo, and not to those snot-nosed rangers. But, what did we do? Pos, we went and turned our backs on Tijerina —sí, nos hicimos nalga, manito—and just look how we ended up. More fregaos than ever!"

Still, it wasn't the "snot-nosed rangers" who had finally forced Abel Valerio to call it quits but, rather, "los mutilators," as he put it. The elderly rancher was referring to the epidemic of livestock mutilations in Northern New Mexico which, in recent years, had left his herd of cattle severely reduced. No one knew the identity of these mysterious criminals who struck at night, leaving behind dead carcasses with the reproductive organs cut out. Some blamed the attacks on a satanist cult which used the organs in their black mass, while others were certain it had to be aliens from outer space.

Abel Valerio, for his part, put forward a different and

utterly original theory that morning on "el Swap Shop del Aigre" when he claimed that "esos mutilators" were actually scientists from Los Alamos who flew through the mountains in silent helicopters, performing their bizarre experiments. When Filogonio asked him why he thought Los Alamos scientists were cruising around at night, cutting the sex organs out of cattle, Abel replied that he had the whole thing "figurao." The public wasn't aware of it yet, but those scientists had caused an accident like the one that had taken place in India. All the mountains of Northern New Mexico had been contaminated by an invisible cloud of radiation.

"They're doing that to the poor animales because they want to chequiarlos por radiation," Abel went on explaining, as if the whole matter were clear as day. "Pos, that's why they cut out the ojete, mano—that radioactive shit's gotta pass through there."

Another person worried about radioactive contamination was Frances Tapia, an elderly woman from San Pablo Pueblo, one of the three Indian pueblos bordering San Gabriel. She called up "el Swap Shop del Aigre" one morning with a litter of puppies to give away, but, before long, she got started talking about a lawsuit that she and the mother of the puppies, a three-year-old Chihuahua named Nyoka, had filed in the federal court against the president of the United States. "Yes, I did— I sued the president to make him stop making all those bombs. And I put my dog in there too because all those bombs, they're going to wipe out the animals on this earth too. That's right—you just go over to the courthouse there and you see for yourself—it's got my Nyoka's paw-print right there under where I sign."

When Filogonio, in his customary style, asked the Indian woman to explain the motivation behind her actions, Frances responded without hesitation. "After

I'm living for thirty years under the shadow of Los Alamos, I know the time is ripe for me to do something about it, don't you see? I'm no crazy lady—the crazy guy is that one, that old fool we got right now in the White House. He's been living a hundred years ago—that crazy guy thinks he can still win a World War."

For his part, Filogonio didn't know whether it was possible or not to win a World War. Nor did he know whether Frances had found a home for the puppies of the anti-nuclear dog. Clearly, he couldn't keep in touch with all his callers, nor could he accept responsibility for any deals that might or might not be made. Nonetheless, when Filogonio realized what had happened with Dora Toledo, he felt obligated to do something about it.

Dora, a middle-aged divorcee from Otowi, one of the hundreds of small villages in Río Bravo County that Vicente Luján said the Marching Mothers knew nothing about, called "el Swap Shop del Aigre" with a car for sale. She told Filogonio that it was an '81 Pontiac Sunbird, red with a black interior, with good tires and less than 50,000 miles, and she was selling it "very cheap." Naturally, Dora failed to add that the car was also bewitched.

She had arrived at that conclusion unwillingly, but there was no way to ignore the awful evidence. The very day she bought the car, Dora had an accident. She was just driving it off the lot of Joe Romero's Oldsmobile-Pontiac-GMC Sales and Service—"Your Little Car Dealer with the Big City Deals"—when some young guy in a Ford truck bashed into the brand-new car. In the four years since then, Dora had had no less than eleven accidents in the car. What was worse, during that same period, five members of her family had died, including her mother, father, two brothers and her favorite aunt. Naturally, she didn't share all that information with the fellow who had come that same morning to purchase the Pontiac, but it wouldn't have made any difference to Nazario Serrano anyway because there was no way in hell he would have passed up a deal like that. At any rate, now that he had become a politician, Nazario needed a good used car to travel to the hundreds of small villages in Río Bravo County full of people who refused to sell out for a chunk of cheese. Yes, Nazario Serrano, an engineer who worked at the Los Alamos National Laboratory, had decided to run against Amos "the Cheese Candidate" Griego in the school board election. But not even the support of Miguel Fernández nor all the efforts of the Marching Mothers could save Nazario Serrano once he got into that possessed car.

3

A few short weeks later, Nazario was driving his Sunbird to a Rotary Club meeting at the Cowboy Family Restaurant. Even though he was running late, Nazario was trying his best to drive carefully for he knew it was Halloween night when all the children in town would be out on the streets, showing off their costumes and asking for their "tricks or treats." But how in the devil was Nazario to know that a dog would suddenly jump into his path, forcing him to slam on the brakes? Luckily, he didn't flatten the dog, for it was expecting—not just another litter, but a legal precedent as well. Yet, Nazario might well have been better off making vienna sausage out of Nyoka, Frances Tapia's celebrated antinuclear dog, for when he veered to his right, brakes squealing and tires laying two strips of rubber on the pavement, he ran right into a group of kids crossing the street. Although these kids were awfully mature to be out trick or treating, there was doubt that Nazario had hit one of them or, rather, the wheelchair that belonged to one of them, for that was the first thing he saw when he leaped out of the car, his heart pounding wildly— an overturned wheelchair whose top wheel was still spinning absurdly in the darkness. Before Nazario could locate the person who had occupied the wheelchair, a long-haired girl began screaming at him: "Look at what you've done! Look at what you've done, you dumb asshole!"

It was then that Nazario did, indeed, look at what he had done, and his blood ran cold, for there was a young girl sprawled out on the street before him. "But...her legs?" Nazario sputtered in a choked voice, for the headlights of his demonic automobile revealed that the girl was missing, not one, but both of her legs.

"Yes, her legs, you pendejo! What have you done to her legs?" the enraged teenager continued shrieking. Meanwhile, Virginia Flores was about to burst with laughter, not only because she hadn't really been hurt in her fall, but also because she had never had those legs the driver of the car was searching for while he howled like a madman.

Virginia was the daughter of Urbán Flores, a true madman who was known throughout the valley as "the Inventor" because he spent all his time inventing things, though the local gossips claimed the only thing he ever invented was tall tales. Be that as it may, his daughter Virginia, who had been born without legs, had never let the birth defect turn her into a recluse, disabled as much by sadness as by her physical deformity. On the contrary, she had grown up to be a spirited and lively teenager with a friendly disposition, one of the most popular students at San Gabriel High School. What's more, she was physically active and there wasn't a sport she didn't try her hand at, whether it be swimming, basketball, volleyball, or even bowling at the Tewa Lanes in the Black Rock Shopping Center. But the overriding passion of her life was horses. Virginia lived and died for horses and, thanks to a special saddle her dad had invented which cinched her tightly onto the horse's back, the legless girl was able to go riding whenever she pleased.

One of the few things that Virginia enjoyed as much as trotting through the woods on her gray pony was playing practical jokes, and this, without a doubt, had been a true classic. And, maybe they might even feel sorry someday for this guy who deserved whatever he got for driving like such a maniac on a night like this when all the kids in town were out on the streets—why, he might have killed somebody with that damned jalopy of his! When the girls had finally sated their appetite for revenge, Becky picked up Virginia and placed her back in the wheelchair, after which she confessed to the terrified man that all of this uproar had just been a big joke. In spite of the fact that Virginia assured Nazario Serrano—albeit between uncontrollable spasms of laughter —that everything was cool and that she could not possibly have lost the legs she had never had, it was too late for the poor school board candidate who had come literally unglued, for he had lost something far more essential than his legs—namely, his peace of mind. It's not that Nazario went crazy overnight, for he realized the pair of girls had made him the butt of their cruel joke; yet, in spite of all his attempts to convince himself that the entire experience had been nothing more than a ridiculous farce, he seemed unable to put it out of his mind and regain his emotional balance. Then, Dora Toledo, who had read an account of the accident in the

Río Bravo Times, called up Nazario and told him the terrible and tortured history of the diabolical vehicle, but all she ended up doing was upsetting him even more, this poor fellow who was already finishing off a bottle of vodka every day. Nazario understood all too well that the bewitched car could finish him off as well, but he couldn't sell that tool of the devil to some innocent fool —why, he couldn't even give it away, knowing what he knew. No, what Nazario had in mind was rolling it off the edge of the Río Bravo Canyon, but he never got the chance to do it because his son decided to butt in.

José Climaco Serrano, or "Joe Chamaco," as everyone called him, was a Vietnam vet who still lived at home with his parents. Joe Chamaco couldn't help but laugh when his old man asked him to get some dynamite from his old war buddy, that Eluid Rendón who had been a demolitions expert in Vietnam, because Nazario wanted to blow the Pontiac Sunbird straight to hell. But Joe Chamaco himself had already spent a season in hell, and he was damned if he was going to be afraid of a fucking car after he had shared the trenches with death itself. "If you really wanna get rid of it," he said with a broad grin—"give it to me." Nazario, of course, refused to give his son the keys, but Joe Chamaco simply grabbed them, laughing wildly as he took off in his new wheels.

God only knows where he got the crazy idea of taking a cruise that same afternoon on the iced-over lake at the Gary Lucero Memorial Park. It might have been because of that joint he sparked up, or maybe it was the six-pack of Bud Light he'd also polished off, smashing all the bottles on the "black rock" of the Black Rock Shopping Center which was located in front of the park. His old man, of course, was convinced the whole mess was caused by the bedeviled car, but the truth of the matter is that Joe Chamaco drove on the frozen lake out of sheer stupidity, the same type of stupidity that motivated so many people to paint that famous "black rock."

Nobody really knew how that "black rock" had ended up where it was, though many believed it had once been part of a volcano in the Jemez Mountains which had erupted in prehistoric times, leaving a huge hole in the ground now known as El Valle Grande. What was certain was that the most ancient elders claimed that the most elderly ancients they had known had claimed that the black boulder had always been right where it still was today, between the lake and the road. And so when local businessman Joe Frye, or "José Frito" as the jokers in San Gabriel had baptized him, signed a 99-year lease with the Indians of San Pablo Pueblo to construct his shopping center, he decided to leave the boulder in its place. The one thing he did do was fence it in with a chainlink fence after Bill Taylor suggested in an editorial in the *Río Bravo Times* that Frye ought to change the name of his shopping center from "Black Rock" to "Graffiti Rock," since every square inch of the venerable stone had been defaced with the vulgarities of local graffiti artists. The boulder sported more names than "Inscription Rock" down in El Morro, except here one didn't find such famous names as "Juan de Oñate," but, rather, the signatures of "Chango," "la Chepa," and "los Homeboys." As well as building the tall fence, Frye also covered the entire boulder with several coats of black paint. But, the entrepreneur didn't realize that there's nothing in the world more tempting to the "popular artist" than a virginal canvas, and in the blink of an eye, some anonymous and particularly pernicious vandal cut a hole in the chainlink fence and painted an inscription in white letters large enough to be seen by even the blindest old bat in the valley: "JOSE FRITO SUCKS COCK."

As might be expected, Joe Frye didn't waste much time repainting the rock, and this time he even hired a night watchman from Khalsa Security, Inc., a private security service run by the community of sikhs who lived just south of San Gabriel, for he had absolutely no confidence in those imbeciles who dressed up in the uniform of the San Gabriel Police but who spent the vast majority of their time eating donuts at the Chuck-wagon Cafe and sipping coffee at the Cowboy Family Restaurant. But not even the scowling guards with the daggers on their belts and the diapers on their heads could withstand the forces of "popular culture," and, before long, the fence was back on the ground and the hapless boulder was once again plastered with graffiti. José Frito had at last given up and simply allowed the black rock to stand as a monument to the depravity of the public; in fact, the businessman didn't even bother to remove the remains of the mangled fence which, over time, became the receptacle for tumbleweeds, trash, and every other kind of wind-blown litter.

Of course, the Gary Lucero Memorial Park, which was located behind the Black Rock Shopping Center, was no aesthetic wonder either. The park, in fact, was no more than a clump of trees by the river. There were no picnic benches, no playground and no monument to the veterans of the Vietnam war, all of which the city council had promised to build when they dedicated the municipal park to the memory of local war hero Gary Lucero who had "sacrificed his life in the defense of liberty," to use the words that rolled off the lips of the mayor of San Gabriel that day. Lucero had been one of Joe Chamaco's classmates back in the days when they both played basketball for the best team in the history of San Gabriel High School, Division AAA Champions in 1968. Naturally, at that time, it would never have occurred to the mighty warriors of the basketball court that John Wayne could die before the movie was over. Joe Chamaco, at least, had lived to see through that patriotic lie—Gary Lucero, on the other hand, died without knowing he had died in vain.

But Joe Chamaco never thought about the war anymore, for he knew all too well that too much thinking was not a good thing. It was thinking, after all, that had turned his jefe into an alcoholic. No, what the devil knows come from years of bedevilment and not by virtue of being the devil, and Joe Chamaco himself now had enough years under his own belt to realize that the best thing was to just kick back and enjoy life, and the hell with the anxieties! However, even Joe Chamaco couldn't help but become a little "anxious" when his old man's bewitched car broke through the ice of the Gary Lucero Memorial Park lake that wasn't quite as frozen as it looked. The car, of course, sank like a torpedoed boat and, inasmuch as Joe Chamaco had long since rejected all that "heroism" crap, he immediately decided against going down with his ship. Even so, he narrowly escaped losing his life in the freezing waters of the lake.

4

Even though Filogonio "el Swap Shop del Aigre" Atencio knew, along with everybody else, that the teenager who had been pushing the wheelchair of the legless girl last Halloween eve had been none other than Becky Gonzales, one of Primo Ferminio Luján's illegitimate daughters, he still found it difficult to believe that the Luján Machine could have possibly contrived the chain of events that ended up causing Nazario Serrano to take permanent leave of his senses. Nonetheless, now that Serrano's candidacy had turned into a big joke, Filogonio felt a certain amount of guilt for, after all, Nazario might never have purchased the diabolical car had he not tuned into "el Swap Shop del Aigre." Thus, when Emily Wolf and the Marching Mothers approached Filogonio to urge him to enter the race against Amos "the Cheese Candidate" Griego, the radio announcer had to admit that he had nursed a few political ambitions over the years. Yet, even though he enjoyed tremendous popularity among radio listeners in the valley, everybody knew the Lujanes had plenty of ways to win elections, whether it was with bought votes, stolen votes or even miraculous votes—that is, ballots cast by the dead who, of course, always voted a straight Luján ticket. And, indeed, the Lujanes pulled off yet another "miraculous" election, though in this case, the "miracle" backfired on them, perhaps because it revealed itself in the pages of the *Río Bravo Times*.

As usual, the Luján Machine had filled the newspaper with political ads the week before the election; in fact, one could hardly turn a single page without seeing Amos Griego's puffy face. But there was something very strange in one of the photos—some of the "old regulars" at the Chuckwagon Cafe and the Cowboy Family Restaurant wondered whether their eyes were playing tricks on them—but it was no optical illusion. There, above the head of the "Cheese Candidate," was a huge, glowing halo.

All the barstool philosophers at the Mexican Image Bar and the Saints and Sinners Lounge had their own ideas about how that halo had ended up there—some blamed it on Filogonio while others claimed it must have been the editor himself who had sabotaged the ad in his own newspaper. Yet, while Bill Taylor might have loved coming up with such a fine practical joke, the truth of the matter was that he had nothing to do with the strange appearance of the halo. In fact, had he not already grown callous after so many years of reporting such supernatural phenomena as the Luján's political power in the other world, Taylor might well have declared the whole incident a miracle, for he could not find a trace of the halo in the original composition of the ad in the galley proofs.

Yet even Taylor couldn't help but believe in miracles after Amos "the Holy Cheese" Griego (as the local jokesters had taken to calling him) lost the election. "THE IMPOSSIBLE HAPPENS: ATENCIO WINS!" proclaimed the oversized headlines in that week's edition of the *Times*. And in his editorial entitled, "There Must be a God," Taylor crowed sarcastically: "Every saint has his day, the old saying goes, and this 'holy cheese' has at last met his day of reckoning."

It goes without saying that that edition of the newspaper sold like tickets to the Second Coming, but the strangest thing is that the Lujanes, for some inexplicable reason, have simply taken Taylor's insults in silence; what's more, the Primo hasn't even bothered to take his revenge on the "wolf lady" and her band of victorious mothers. Even Mela, a woman not widely known for her kindly disposition, has kept her word about the free government cheese which the Lujanes continue to distribute.

It is true that three old-timers died up in San Buenaventura, one of the twenty-three precincts that Amos failed to carry in the election, and there's no doubt that the three all died from eating bad cheese, but no one has made much of that tragic coincidence because, after all, the three seniors were not killed by the "Reagan cheese," but by a homemade white cheese manufactured by a

163

tiny dairy that doesn't pasteurize its milk. While it's undeniable that all three of the dead voted against Amos "the Holy Cheese" Griego, it would be as absurd to blame Primo Ferminio for the presence of the toxic microorganism in the white cheese as it would be to conjecture that he somehow had a hand in the mutilations of Abel Valerio's cattle, which mutilations, incidentally, are still going on. The anti-nuclear lawsuit is also pending, albeit in the absence of Frances Tapia who has likewise died, though not from eating poisonous cheese but, rather, from cervical cancer. However, her dog Nyoka is expecting yet another litter of puppies as well as a favorable decision from the judge.

Meanwhile, Nazario Serrano is still drinking, though he lives out on the street now that the Lab has fired him and his wife has kicked him out of the house. But, as necessity is the mother or at least the step-daughter of invention, Nazario has discovered a rather ingenious way of paying his tab at the Mexican Image Bar. He walks the streets collecting all the aluminum cans that people throw out without realizing they're throwing away money, and sells them at Safeway, the grocery store in the Black Rock Shopping Center. Every day he hauls in at least one gunny sack full of flattened cans, thereby assuring himself of another day's ration of booze while, at the same time, getting a little exercise and performing a public service. That's why all the gang down at the Saints and Sinners Lounge agree that Nazario does more for the community cleaning the streets than he ever would have done sitting on the board of education.

As far as Emily Wolf is concerned, the San Gabriel Schools would be better off if *all* the school board members took to the streets, including Filogonio "el Swap Shop del Aigre" Atencio. But it's the Marching

Mothers who are back out on the streets, demonstrating and distributing petitions demanding a recall election. They're calling for either the resignation or the expulsion of all five members of the school board for misappropriation of public funds. It seems that the board, in a private session, approved the purchase of three thousand brooms from none other than Amos Griego, the "Holy Cheese." Even Filogonio Atencio went along with the decision to buy the truckload of brooms, easily enough to give two to every student, teacher, principal, secretary and cook in the entire system. Naturally, Emily Wolf and the Marching Mothers are fuming over the betrayal of the "Judas del Aigre," as they now refer to Filogonio in their meetings, but the most seasoned scholars of local affairs at the Cowboy Family Restaurant and the Chuckwagon Cafe simply shrug their shoulders and observe that every man can be bought and sold, and there's nobody who can figure out the price better than Primo Ferminio Luján.

The Biggest Liars in Town

"Wait a minute," Father Ramón interrupted doña Luisa. "Didn't you just confess before mass?"

"Yes," the old lady replied, "but I forgot to tell you something."

That's what doña Luisa is supposed to have said last week, but it's not really true. Father Ramón made the whole story up.

But he's not lying when he tells the story about the ancient priest who used to confess the seminarians at the Seminary of Our Lady of Guadalupe. The old priest was deaf as a stone and, like many who lose their hearing, always spoke in a booming voice. Thus, all the seminarians kneeling in the chapel could hear the voice of the deaf prelate thundering out of the confessional as he shouted, "*HOW* MANY TIMES?"

Father Ramón claims he also can't count how many times doña Luisa must have told him she's dying of cancer, but the priest is being less than serious when he adds that the old lady has her own coffin stored in her bedroom.

Doña Luisa, for her part, comes out with some pretty good stories about priests now and then herself, like the one about the German priest who was pastor of the Cristo Rey Church at the beginning of the century. That priest had arrived in New Mexico without knowing a single word of Spanish and, although he eventually learned to speak fairly well, at first he made plenty of errors. The story has it that one Sunday morning he stood up in front of the congregation to preach in his resounding voice about the sins of the world. Unfortunately, a mispronunciation of the Spanish word for "sin" had the priest proclaiming, "The women of the 'arroya' go to bed with a 'prick' and get up in the morning with a 'prick'."

Of course, that isn't really true—that is, the priest never said that—I won't make any judgements about the "women of the 'arroya'."

What is certain is that doña Luisa loves priests, and her son Archy isn't lying when he says that his mother has the largest collection of rosaries this side of the Mississippi. But Archy is stretching the truth a bit when he says that doña Luisa is planning to exhibit that incredible collection at the home of the Lake Arthur woman who became famous for her "miraculous tortilla," with the face of Christ burned into the doughy surface.

Although doña Luisa has never been to Lake Arthur, she does know the Mississippi, though from up in the airplane, she thought it was the Río Bravo that runs through her village of San Gabriel. Her son Archy tells many such stories about the trip the two of them took to Michigan to visit his sister who was a Dominican nun, and almost all of the stories are true. It's true, for instance, that doña Luisa refused to eat the lunch they gave her on the plane because she was convinced they charged for it, but she didn't get all that hungry anyway because she had come prepared with her little sack of crackers and bizcochitos.

Everybody knows that doña Luisa's daughter, the

one that was a nun, finally left the convent, but it's a vicious rumor that she did so because she was pregnant. That choice chunk of gossip originated with mana Alfonsa, a loose-tongued hag who lives next door to doña Luisa. Since mana Alfonsa is always sticking her nose into everybody's business, they call her "the Journal."

Yet, in spite of the fact that "the Journal" thrives on scandal, not everything she says is false. She's not lying, for instance, when she says that Pilar killed a plant mana Alfonsa had in her livingroom, and it's true that she killed it simply by pinching off a few leaves. But even though Pilar has the reputation of being a witch, she was not responsible for the destruction of the "Journal's" garden. Mana Alfonsa herself wiped out all her plants— all those beautiful roses and plum trees—when she sprayed the entire yard with an herbicide. The truth is the poor lady can't read, and she thought that the bottle said, "fertilizer."

Now that we're talking about witchcraft, it's important to note that don Herculano maintains there are no such things as witches. Of course, doña Luisa's husband is such a big liar that you can hardly believe a word he says.

Archy still talks about how he used to plant candy every year in the garden because his father had him convinced a candy tree would sprout from the ground. That's why one cannot believe don Herculano now when he goes around saying the apples in his orchard carry on conversations with him and his peaches have the ability to sing.

The one who does know how to sing is don Herculano himself who was one of the most popular musicians back in the old days and, at least according to him, one of the best-looking bachelors too, though he does tend to gloss over his romantic failures.

There's little doubt that doña Luisa is telling the truth when she relates the incident that took place before her marriage to don Herculano. It seems that one day her mother was taking her in the buggy to see the doctor because Luisa had a terrible toothache. It so happened that Herculano was passing by at the time and he ran into the pair of women. When he assessed what was going on, he told the mother: "You know, señora, that I can cure your daughter. You see, I have a special gift for healing. All I have to do is kiss the sick person on their wound and they're instantly healed." But the old lady, who was even more clever than Herculano, replied, "What good luck you told me that, hijo, because you know I've been suffering for years from these damned hemorroids!"

Though it might appear to be a joke, the story is true, at least according to Archy who says his grandmother could easily have been capable of doing such a thing, and much more. He claims that when the old lady was on her death bed, she would call out to him in a sweet voice, "Come here, my hijito." But, as soon as Archy would get near her, the old bat would smack him with a cane she kept at the side of her bed.

However, one must take everything Archy says with a grain of salt too because he was only getting what he deserved for being such a spoiled brat as a child. If they didn't give him every little thing he wanted, he'd throw tantrums and roll around on the floor—once, when his father refused to give him a dollar to go to the show, Archy climbed up on the well and shouted, "Give it to me or I'll jump in!"

They did give it to him, all right, but not exactly as he had expected, and ever since that day don Herculano has refused to believe anything his son tells him because there's no doubt he's still making up tall tales.

Lately, he's been talking about how men walked on the moon, but don Herculano knows the truth is they only walked on TV. That whole crazy story was just a trick of the government, don Herculano says, because he knows that politicians invent lies in order to win votes, just as priests create illusions of heaven in order to fill up their churches.

But the worst ones of all are the story writers because they alone are crazy enough to believe in their own creations. They're the biggest liars in town, doña Luisa says, and she's not lying.

Occupational Hazards

"Hay gran trecho entre el dicho y el hecho," goes the old saying, but if it's true there's a chasm between what is said and what is done, the poor writer must have already crossed it, for he can't tell the difference between the stories he writes and the tortillas he eats while he writes a story about a writer eating tortillas.

Damian smiled as he read the first sentence he had just written in his new story about a crazy fool like himself, a writer so wrapped up in his stories that he even writes them in his sleep. In fact, Damian had dreamt of this story about a writer writing a story about a writer writing a story. As soon as he got up, Damian went straight to work, scribbling in his notebook in front of the adobe fireplace.

But he had scarcely written two paragraphs when he had to quit in order to go brush his teeth. While he was squeezing the tube of Crest toothpaste, Damian got another idea for a story, so he left the brush with the unused toothpaste and sat down again to write. He wrote the story of a priest named Ramón who is brushing his teeth early one morning when he suffers a heart attack. He slumps to the floor, but it is no longer the bathroom floor but, rather, the road to eternity. Strangely, the pathway to heaven looks much like the rutty road leading to the Santuario de San Buenaventura. There's garbage everywhere: broken bottles, packages of used Pampers and even a dead dog dumped in the arroyo. Father Ramón looks up to see a black horse with the figure of a white seahorse etched in the crown of its head and suddenly he's on the horse's back, galloping to the Río Bravo, leaping over the brush and the trees, flying through the clouds, when a spear of lightning shatters the sky, flooding the prelate's eyes with a phosphorescent light. Suddenly, he awakens to see a woman dressed in white who shouts: "A miracle! It's a miracle of the Lord!"

Damian quit writing when he glanced at his watch and noticed he would no longer have enough time to brush his teeth. But that very action gave him the inspiration for still another story about a guy named Archimedes, though Damian decided to give him the nickname "Archy" because it's a lot easier to write. This Archy has a digital quartz watch just like Damian's, an advanced and ultra-precise timepiece with a stopwatch, a calendar mode, a calculator and a daily alarm. The only problem is that Archy has never been able to regulate the alarm. He sets it for six in the morning and it goes off at six in the afternoon; sometimes it doesn't chime and other times it chimes whenever the hell it wants to.

Such inaccuracy may have been acceptable when Archy was an agnostic, but now that he's become a Catholic, it's absolutely essential that he know the correct time for God keeps track of how many times Catholics arrive late for mass and, of course, all those Sundays when they don't show up at all, which is the case with Archy most of the time. Before, when he was not a Catholic but attended mass every Sunday, the idiot might have been able to get off with a few millennia

174

in the limbo of the good pagans, but now that he knows better but insists upon sinning—well, there can be no escape from the pit of hell. Yet, Archy apparently prefers running the risk of damnation in the next world to the torment of Father Ramón's boring sermons in this one, for they are such monotonous monologues that they instantly put Archy to sleep, just as we find him at the present moment, nodding off beneath the statue of San Antonio in the nave of the Cristo Rey Church.

But he doesn't doze off for long, for suddenly his damned watch starts chiming. Everyone turns around in the pews to look at him—even Father Ramón interrupts his tedious homily to scowl at poor Archy who is struggling frantically to turn off the alarm. Finally, he rips the watch off his wrist and sits on it, but it keeps right on beeping as the entire congregation stares at him with angry eyes. In desperation, Archy opens his mouth and swallows the insidious timepiece. It no longer chimes, of course, but every time he opens his mouth to say "amen," the electronic tone of the watch comes out instead—"beep".

Damian erased that last paragraph because it was just too absurd. After all—swallowing a watch? A pocketwatch, perhaps, but who would believe swallowing a wristwatch? At any rate, he would have to work on the story later because now his own watch was chiming which meant it was time for him to hit the road to work. Like most writers, Damian had to work outside the house because it was impossible to make a living as a writer. But if he had to teach in order to pay the bills, what about all of his poor students learning how to write who would also need their own students someday? And what about the students of the students? Where in the hell were they going to find more fools to teach?

But that was no concern of his, Damian thought, leaving the house to begin his journey. It was a long drive, nearly two hundred miles round trip, but since he passed through the magnificent Jemez Mountains, Damian hardly noticed the distance. And so he got into his Ford pickup and reached for the screwdriver to start it. The ignition had fallen apart years ago—Damian had even lost the keys to the truck since he didn't really need them. Any screwdriver, pocketknife or file was good enough to start the aging pickup, and he certainly didn't need a key to lock the old wreck. Nevertheless, the door on the passenger side was wired shut and had been ever since that time it had opened by itself on a turn, nearly striking a woman passing by on the street. It was lucky Damian hadn't knocked her down, for the wild-haired old hag was said to be a witch. According to the stories, Pilar had the evil eye, the evil stone and, certainly, exceedingly evil intentions. The only thing she didn't have was a car inasmuch as she simply flew above the clouds.

Before long, Damian would have to fly too just to get to work on time. So he began the journey north, climbing the narrow road that passed through the tranquil settlements of the Jemez Mountains. He drove along counting all the goddamned Texas license plates, waving at the school kids waiting for the bus in the morning sunlight, and singing his favorite corridos—Damian did whatever he could to occupy his mind with inconsequential matters, anything that might help him forget about fiction. Even though it was no longer fashionable, Damian still believed in the existence of the muses, but what he could never understand was why those bitches had to inspire him at the worst possible times—like, for instance, when he was driving to work. They seemed to give him the best story ideas when he was cruising along in his Ford pickup, which constantly forced him to jot down notes with one eye on his notebook and the other on the deadly hairpin turns of the serpentine road. And now, as he approached one of the most dangerous turns of all, Damian got another idea for a story when he saw the white cross at the edge of the road, marking the spot where a woman and her four daughters had gone down into the canyon below. They're on their way home from Santa Fe in the car loaded down with Christmas gifts when a terrible snowstorm....

Damian stopped writing in the middle of the sentence, for at that instant, he lifted his head to see he had faded into the opposite lane of the highway. He jerked the wheel with all his might, narrowly avoiding a head-on collision with a truck coming from the opposite direction. At that point, Damian put down his pen for awhile, but, before long, he was writing again. He could write a story about a writer writing the story of a woman who dies in the canyon with her four daughters. This author, who writes while he's driving just like Damian, also strays from his lane, but this poor guy really does run into a truck coming from the opposite direction, dying with his pen still clutched in his hand.

Damian loved the irony of the situation, but he decided against developing the story because...well, because he had already started another. Now he was writing about Gus Rodríguez, a second cousin removed more times than he could count, a wild man who lived in El Rito de los Pinos and who had been driving that other truck that had nearly smashed into Damian's. Primo Gus was a true eccentric, a toothless old drunk who was missing more sense than teeth, but Damian liked him anyway. Still, since he had no desire to risk his life again, even to write a story about one of his favorite characters, Damian stepped on the brakes and swerved off the asphalt highway, pulling onto the dirt road leading to the Cañada Bonita. He knew it was called the Cañada Bonita because his grandfather had told him the name of this meadow and every other place in these mountains where he had grown up. Along with the names of the places, Damian's grandfather had also told him countless stories about this land he had known so well. They were stories fixed in the pre-electric past when the whole family would gather in front of the fire-place to pass the hours listening to the jokes, riddles and stories of witchcraft the old ones would tell. Damian had never known a world without electricity, but he did know some of those witch stories, like the one about an aunt who goes mad after smoking a cigarette made by a witch named Pilar. On another occasion, this same Pilar sends a pot of posole to a wake at her neighbor's house, but the neighbors, who are well-acquainted with the bruja, throw the posole out to the dog who eats it and rolls over dead.

Bewitched cigarettes, poisonous posole, evil stones, crows, coyotes, owls—Damian chuckled aloud, realizing he could write about witchcraft all day long. Hell, he could spend his entire life chronicling the super-natural stories from these mountains, but that would probably be worse than being bewitched himself. So he turned off his pickup with the screwdriver and sat there for a good while with the tip of his pen in his mouth, lost in meditation, gazing at the black smoke rising from the canyon below. Yes, the community of El Rito de los Pinos had chosen the Cañada Bonita as the site of their public dump. A ready-made symbol, thought Damian, but he quickly bit the tip of his pen, resisting the tempta-tion, for he knew that allegories were even more dan-gerous than witchcraft. There was no more deadly creature in all of the literary world than the extended metaphor—not even the fiendish howl of the Llorona could equal the cackling of an allegory.

No, he would be better off forgetting about symbols and spells and concentrating instead on the story of a real human being—and what "being" more "human" than Primo Gus? Of course, even witch stories could hardly compare with the real-life experiences of his bizarre cousin who had totalled three trucks without so much as scratching a finger. Since Damian had already had his fill of automobile accidents, he decided to write about that spring when his grandfather had asked the aging drunk to help him with the branding. Primo Gus lassoes one of the smallest calves, but he pulls on the rope so hard that he chokes the poor animal. He rushes up to remove the lasso and places his mouth over the calf's nostrils to give him air—mouth-to-mouth resuscitation, you understand. The strangest thing is that it works—the animal soon revives while Primo Gus lights up a Lucky Strike and observes philosophically: "That mouth's a lot cleaner than a lota women I've kissed."

Once again Damian quit writing. What reader could possibly want to know more about those mouths that Primo Gus had kissed in his lifetime? In the end, it was probably better to return to the story of the woman who died in the canyon with her four daughters—to actually *finish* a story for once in his life. At any rate, it wasn't really fair to leave the poor woman lying out there in the canyon like that. He ought to finish the story, including, at least, an account of the wake, seeing as how it was the last velorio he had attended in the home of the bereaved family and not at the mortuary. Nowadays, everybody delivers his dead relatives to Sandoval's Funeral Home where don Rogelio Sandoval makes such a good living "fixing them up" that he's been able to build a mansion on the outskirts of town. But this is a traditional wake and all the neighbors arrive at the house with pots of "chile de velorio" to spend the entire night singing, praying, eating and drinking. Don Tobías Esquibel, the hermano mayor of the penitente brotherhood of Our Lord Jesus Christ, directs the prayers because the husband of the dead woman is a member of the hermandad. While don Tobías is praying, his compadre, Abel Valerio, notices a bubble of saliva hanging from the mouth of the penitente leader, and he points to his mouth, saying, "Watch." Naturally, don Tobías is too busy praying to hear his compadre, so Abel gestures at his mouth again and repeats in a louder voice, "Watch!" When the hermano mayor continues to ignore him, his compadre cries out, "WATCH!" At last, don Tobías stops praying for a moment to declare: "Yes, she 'watch' the clothes and she ironed them too!"

Damian shook his head as he read the last paragraph he had written. He had been going along so well, explaining the customs connected with traditional wakes, but then he had ended up with a stupid joke. Yet, there were so many jokes about death that Damian couldn't help writing down a few of his favorites, like that one about the poor bald guy. One day, doña Sebastiana shows up at the house of a fellow who has been recently married. When the poor guy sees the figure of death outside the door, he tells his wife: "Loan me the scissors so I can cut off my hair. Maybe that way, Death won't recognize me."

Well, doña Sebastiana knocks on the door, announcing. "I've come for your husband, woman."

"But he's not here," the woman responds.

"I'll wait for him then," the Bony One says, passing through the door.

"But my husband is in the mountains and I have no

idea when he'll be back," continues the frightened woman.

"He'll be back very late," says the bald husband seated at the table. "Or, maybe he won't be back at all," he adds, when Death shoots him a withering glance with her hollow eyes.

"Who's that?" doña Sebastiana asks the woman.

"It's my...uh...it's my father. We were just having a cup of coffee."

"Well, give me some too," Death says, taking a seat at the table and beginning to gossip about the dead. She stays for hours, waiting for the husband to come home and talking and talking—why, she chews all the fat that's not on her bones. Finally, when it starts to get dark, doña Sebastiana gets up and says, "Well, it looks like your husband isn't coming after all. But, so I don't waste my trip, I'll just take this baldy here along with me."

The "baldy" who had first told Damian that story was none other than don Herculano Leyba, a legendary storyteller in the San Gabriel valley. Along with being a world-class liar, don Herculano is also a plumber, santero and musician. After retiring from his job in Los Alamos, don Herculano learned how to play several different instruments, eventually forming his own band, which he calls "Herculano Leyba's One-Man Band." He plays all the instruments at once, including a guitar, a mandolin, a harmonica and an instrument which he invented himself and which only he can play, a sort of a harp made out of the parts of an old typewriter. He keeps rhythm with a big bass drum that he also made out of a cottonwood trunk and rawhide. The clever old man built the instruments into a portable platform which he hauls around to all the clubs, dance halls and Senior Citizen Centers where he plays corridos, ran-

cheras, entregas and even a few alabados, ancient penitente chants which are rendered bizarre by the electric
amplification of his microphone.

Don Herculano's santos are equally extraordinary.
Consider, for example, his recent carving based on the
"Christ in the Tomb" saint in the Cristo Rey Church, an
ancient bulto done more than two centuries ago by a
Franciscan santero. But don Herculano has created a
markedly modern "Christ in the Tomb," with his Jesus
laid to rest in a coffin with a glass lid that allows the
viewer to appreciate the artist's attention to such details
as the real hair which at one time belonged to a hippie of
don Herculano's acquaintance. But the most unique
feature of the work is its mobility. Don Herculano has
installed a set of hidden hinges which cause the prone
figure of Christ to automatically sit up when one opens
the lid.

The resurrection controlled by a pair of hinges,
Damian thought—life and death as two metal plates,
fixed in a mutual and eternal union. Mariana is embroidering the tablecloth—Damian began to write,
faltering in mid-sentence as an all-too-familiar doubt
echoed in his mind. It was not the first time he had
started the tragic story of his friend's aunt—in fact,
Damian had been trying to write this true story for
years. And even though he had never been able to finish
it, he was determined to try again.

Mariana is heartsick. She's never been outside the
village of her birth, El Rito de los Pinos. But when the
company transferred her husband to Oregon, she had
no choice but to accompany him. Now she leads a lonely
life in this strange city, staying alone in the house all
week long while Fernando is working in the mountains.
Since Mariana speaks no English, Fernando helps his
wife buy groceries and all the other household necessi-

ties on Saturdays so she won't have to go out alone.

It's a Monday morning and Fernando has already gone to the mountains when there is a knock at the door. It's a telegram from Western Union and Mariana opens it with trembling hands for her two sons are fighting in the war—Mariano in Europe and Carlos on a ship in the South Pacific. An instinctive moan rises in her throat for there is the name, the name of her youngest son, her Carlitos. Mariana cannot read English and there is no one to translate the message for her. And so she sits at the kitchen table, staring at that yellow piece of paper, and she begins to think and all she can think is she's going to go crazy. Finally, she realizes that those very thoughts will ultimately drive her mad, so she picks up a needle and begins embroidering the kitchen tablecloth. Flowers slowly emerge on the fabric, the black roses she's patiently embroidering when there is another knock at the door.

When Fernando comes home Friday night, he finds his wife still seated in the kitchen, embroidering the same tablecloth that she would someday use again to cover the table where the pair of telegrams with the names of their two sons lie. On the table there is also a bottle of black shoe polish which Mariana is using to dye her white thread because she ran out of black days ago.

And that's why—Mariana's niece says to her inquisitive daughter—these roses you see at the edge of the tablecloth are grey and not as black as the others. They're the last roses my poor aunt embroidered with the dyed thread and they've faded over the years.

Damian abruptly tore the sheet out of his notebook and ripped it in half. He flung the pieces out the window where the breeze carried them down to the dump. "Otra vez la burra al maíz—The mule's right back in the corn," he said aloud, slapping his forehead with the palm of his hand. When in hell was he going to learn that it was impossible to write a story that was so impossible to believe? And why was it that he could fabricate such believable fantasies, yet everytime he tried to write the truth, it came out sounding like a lie?

Whatever the reason, there was no disputing the accuracy of Damian's watch which was currently marking ten after two in the afternoon. Now he really *would* have to create a first-class piece of fiction, seeing as how he couldn't tell his supervisor that he had missed work because he had spent the entire day at the dump in the Cañada Bonita writing a story about a writer writing a story.

"But, why not?" Damian said to himself, searching for the screwdriver and already shaping the idea in his mind. A writer is on the way to work when he suddenly becomes a character in a story written by a writer who himself has ended up in a story.

Damian started the Ford and put it into reverse, smiling when he saw his smiling face in the rearview mirror.

Contamination

Levi DeAgüero was scared to death. He had screwed up royally, there was no doubt about that, but he had gotten so angry at that goddamned grand jury that— well, what the hell? It was all water under the bridge now, he thought, as he ran a sander over his lowrider.

The lowrider, a '57 Chevy Levi had dubbed the "Dream Machine," had dozens of coats of paint, many of which he had applied himself at one time or another. But now Levi had decided to repaint his lowrider a sky blue color, a blue brilliant as the New Mexican sky, and on the hood of the car, he planned to reproduce the image of the famous Lady of Guadalupe. It was going to be a time-consuming task, and it would cost a pretty penny as well, but afterwards, he'd be more proud than ever of his chingón lowrider.

And how could he help but be proud, seeing as how he was the president of "Los Hijos de Aztlán," the best-known car club in the entire state. The members of the "Hijos de Aztlán" spent all their time working on their magnificent machines, removing the springs so the cars would hug the highway, and installing hydraulic pumps on all four wheels in order to lift the cars on bumpy roads. The plushy interior of the cars featured "diamond-tuck" upholstery, thick carpet, and chrome all around, even in the engine. The majority of the low-riders also had tinted glass in the windshield, a stereo system with four speakers powerful enough to blow the doors off, and a miniature steering wheel made out of a shiny loop of chain. Even though they sank a fortune into their heavy-duty cars and countless hours of labor, the payoff would come every Sunday when they'd cruise down the main drag of San Gabriel, low and slow.

Yet, the "Hijos de Aztlán" didn't only "throw the cruise"; they also organized public service projects such as the annual spring clean-up of the major streets in town. They also sponsored a yearly car show, complete with a hopping contest to see which bato could make his lowride jump the highest with the use of his hydraulics. The money raised at the annual car exhibit went to a needy family in the area: last year, for example, the "Hijos de Aztlán" had contributed more than five hundred dollars to a San Buenaventura family whose house had burned down. Perhaps, with time, people would come to understand that the guys who drove lowriders were not just a bunch of marijuanos and drug addicts— an open sore on the face of society, like some believed— but, rather, productive members of the community and fathers of their own families. Levi himself was often misjudged by people who never looked byond his appearance—the pack of Camels rolled up in the sleeve of his torn teeshirt and the mirror sunglasses he wore on his stony face. Yet, those who really knew Levi realized that his scowl was nothing more than a mask; Levi, in fact, could be such a soft touch that many of his carnales often took advantage of his good nature. Still, if one of those friends, even if he were a cuate from the "Hijos de Aztlán," dared to doublecross Levi—you'd

186

better watch out, ése!

Levi himself realized he sometimes had a pretty short fuse, but what an incredible pain in the ass!—to end up on the bottom of the heap after having struggled so hard to climb up that hill. Levi had spent two years applying and waiting—two long years before he finally got a job in Los Alamos, or the "hill," as all the valley residents called the Atomic City. Everybody in San Gabriel either worked on the "hill" or wished he did, for the Los Alamos National Laboratory (LANL) paid by far the best wages in the area. Nonetheless, there were a few people like Levi himself who worked on the "hill" more out of necessity than preference. There was precious little employment in the San Gabriel valley—that is, outside of the public schools and the county of Río Bravo. But in order to work in the schools, one had to be related to a school board member, and, of course, no one worked for the county without first licking the ass of Primo Ferminio Luján, the legendary political boss of Northern New Mexico. Naturally, if you were strong enough, you could get a jalecito at the sawmill, so long as you didn't mind working like a slave from ten at night to six in the morning for the minimum wage. Levi knew what that was all about for he had worked on the "green line," pulling the heavy, green lumber off the conveyor belt as fast as the massive saws could rip up the logs. It was a job that was as dangerous as it was difficult, and there was hardly a veteran on the "green line" who could count up to ten on his remaining fingers.

Sacrificing your fingers for a few bucks—what other choice did a poor man have? Well, there was one other alternative that a lot of Levi's own carnales had chosen, namely, splitting town to look for greener pastures elsewhere. Some had ended up in Texas and others in

Califas, but Levi could never leave his beautiful valley to get lost in some overcrowded, polluted city. Sometimes, Levi wondered whether he wouldn't have been better off being born a century earlier, back in the times of his great-grandfather, before the gringos came and the scientists moved in to build their bomb of death. In Levi's eyes, that bomb had not only wiped out the Japanese—it had also finished off the culture of his own people, for in the years following the war, many had abandoned their ranches for that check in Los Alamos. But in order to climb that "hill," those first workers had to leave their native tongue behind, for it had suddenly become a "foreign language." That was why the children of those workers had ended up adopting English as their first language and had not bothered to teach Spanish to their own children. And now Levi worked with a lot of the members of that third generation, these Chicanos who didn't know how to speak Spanish. Yet, all of that effort to wash out the "stain" of their race had been in vain, for Levi didn't see many of these "Spanish-Americans" in positions of authority, and he could testify to the fact that racism still existed up on the "hill."

That was why he was paying through the nose now, Levi reflected as he continued running the sander over his lowrider, still preoccupied over the testimony he had given the grand jury the day before. Why in the hell had he gone and stuck his foot in his mouth like that? If he had just kept his cool and hidden his feelings—but, no, he had to go and blow his top. Of course, Levi had realized from the very beginning that his goose was cooked, for the president of the jury was none other than Vicente Luján, the son of the patrón himself, Primo Ferminio. Still, that sonofabitch Vicente had been nothing in comparison with that damned gringa. That nosy bitch had dug her long nails into Levi with her endless questions, dissecting him as if he were an insect impaled on a needle.

How in the hell could she suggest that Levi and his two cuates, Joe "Chamaco" Serrano and Eluid Rendón, had contaminated Dietz's locker—Russell Dietz, that bastard who had been Levi's group leader at the Lab. Actually, Levi knew why the gringa was trying to pin this thing on them—it was just because he and his friends refused to take all of the racist insults Dietz threw out at them—Dietz and his buddy, Dwight McLaughlin, who was Eluid's and Joe Chamaco's group leader. Levi realized Dietz and McLaughlin had been to all kinds of colleges, but that doctorate was no license to practice discrimination. Where was it written, for instance, that they had the right to get together every morning during coffee break to tell racist jokes loudly enough so that Levi and his buddies would be sure to hear them?

That was the question Levi had put to the jurors the day before. He had hidden nothing—he had even told all about the fight he'd had with Dietz. That day, the group leader had shown up to work just itching to pick a fight with Levi over the war in the Falklands. Well, Levi could give a shit about what was going on in Argentina, but that fucking Dietz just kept picking away at him all day long until Levi was finally forced to have it out with him. But as soon as Levi started to defend himself, Dietz really lost it—why, the asshole thought he was some kind of Muhammed Ali. Naturally, there was nothing Levi would have loved more than settling the argument with his fists, but he had to keep himself from wiping up the floor with the bastard because that was exactly what Dietz wanted—an excuse to get Levi fired. So, instead of refighting the Battle of the Alamo in the Chemistry and Metallurgy Building, Levi had simply reported the incident to the Lab officials, which made Dietz even madder, since both men were required to report to the Director of Personnel's office. Dietz got even madder when the director took Levi's side of the argument and warned Dietz that he would have to refrain from picking on his employee from that time on. Yet, in spite of all that, Dietz continued being more or less the same son-ofabitch as always, except that now he started doing things on the sly, like when he secretly tacked up that racist article on the bulletin board. When the gringa on the grand jury asked Levi how he could be so sure that Dietz had posted that article, Levi replied that he didn't need any proof—he knew Dietz had done it—either him, or that wife of his, Fanny.

In a way, Fanny Dietz was even worse than her husband. She was a Chicana, born and raised in the San Gabriel valley, the same as Levi, but since she had snared a gringo—and not just any old white guy, but a scientist from the "hill" itself—she thought she had the right to turn up her nose at her own people. Fanny worked with Joe Chamaco and Eluid in the group headed by Dwight McLaughlin, and Levi openly confirmed that his two cuates had never gotten along with that brown-noser, just as they had never been able to stand their abusive boss either. But when the gringa had asked him what he knew about McLaughlin's contamination, Levi had been taken aback. Even though he had worked in the same building with McLaughlin, Levi had never heard about that incident which, according to the gringa, had taken place a year before, when McLaughlin had been contaminated in an accidental spill of plutonium. When Levi had found himself unable to answer the gringa's query, she had gone on thinking aloud for the benefit of the jury about the strangeness of this little "coincidence." Here they had three Mexicans who had not gotten along with their two anglo bosses, and what had happened? Well, both of the two group leaders had been contaminated, one in a suspicious accident, and the other as the result of using a comb which someone had infected with the most deadly poison known to man, plutonium-239. And when Levi had pointed out that not one of the three had a badge that would have authorized him to enter the "hot" areas where the radioactive material was handled, the gringa simply said, "Where there's a will, there's a way."

At that, Levi had quit talking—what was the point anyway? It was clear they already had him accused, judged and sentenced. That was why Levi had promised to make a pilgrimage to the Santuario of San Buenaventura, for the whole thing was in God's hands now. And so, this Good Friday, Levi would walk to the Santuario where, more than two centuries before, don Bonifacio Mestas de Madril had discovered the miraculous spring. The waters of that spring healed his crippled son, the first of a multitude of the sick, blind and deaf who, over the centuries, have arrived at that well for their ration of holy water which, judging from the mute testimony of all the canes and crutches hanging on the walls, has the power to heal. Even though Levi had made the walk many times before, this year he planned to make a special sacrifice. He would walk the thirty kilometers from the San Gabriel valley up to the Santuario of San Buenaventura carrying a heavy cross made out of 8 x 8's. The truth was, he couldn't think of anything else to do, that is, outside of cursing the bastard who had gotten him into all this trouble in the first place. And Levi *was* kicking out some choice curses while he continued sanding his car without realizing that in that very moment Russell Dietz himself was taking a seat before those same twelve jurors who, the day before, had taken the testimony of the president of the "Hijos de Aztlán."

2

"Mr. Dietz," said the president of the grand jury, Vicente Luján, "explain for us exactly what took place on June 17 of the current year."

"Well, that day started out just like any other—I got up, took a shower, and went to work," Dietz began without hesitation, speaking quickly as if he had memorized his testimony. "Since my wife and I were planning on having a picnic that day, I had brought along a lunch in a backpack which I left in my locker. Then I got dressed like I always do in my protective uniform and I went to work. At lunch time, we had our picnic in the Los Alamos public park and then we went back to work —my wife and I work in the same building, CMB-1, the Chemistry and Metallurgy Building of the Los Alamos National Laboratory, except we don't work in the same section. That same afternoon, at a little after three, I went to my locker for a towel. I washed my hands and combed my hair with a comb I kept there in my locker, and then I went back to the area where I work. Since it's a 'hot' area, I had to pass by the radiation detector. The alarm went off, indicating that I had been contaminated, and they immediately began the routine procedures to remove the contamination from my person. The LANL officials determined I had high levels of alpha radiation on my hands and in my hair, and an investigation of my locker showed that I had PU-239 on my towel, my comb, and in the left-over food in my backpack."

"All right, then, Mr. Dietz," Luján said when the red-haired man with a moustache of the same color finished his story, "a very important question. Do you know how this plutonium ended up in your locker?"

"Yes, I believe so. I think it was somebody who wanted to take revenge on me."

"Revenge? Why?"

"It was the article, I imagine—the truth is, I don't really know. But there was a rumor that...well, some of the people in our building were saying that I had put an article up on the bulletin board...."

"Can you identify this for us?" asked the jury president, passing a xerox to Dietz.

"Yes, this is the article."

"Please inform the jury members about the contents of the article."

"Well, it's about a trial that was going on at that time down in Santa Fe. A Mexican boy from the San Gabriel valley had killed somebody, and I guess they were trying to decide whether to try him as an adult or a juvenile."

"Can you recall if any part of this article was underlined?"

"No, I don't remember anything about that."

"Mr. Dietz, Levi DeAgüero has testified before this jury that you posted this article on the bulletin board and, furthermore, that you underlined a passage in the article. Isn't it true that you posted the article?"

"No."

"Didn't you underline part of it?"

"No."

"Well, then, just so you'll be well informed, I'm going to show you where it was underlined," Luján continued in a sarcastic tone. "It was in the first and eighth paragraphs where one finds the testimony of a psychologist. According to the report, this psychologist noted that the accused youth suffered—and here I'm quoting his words—'from a neurosis very common in Northern New Mexico—supermachismo. He has a vendetta-based personality, not unlike that of many young Hispanics, especially those of the San Gabriel valley.'

"Now then," Luján continued with his eyes nailed on the scientist seated before him, "there's no doubt that this is a racist article, but what I'd like to know is why you say it was the cause of your contamination."

"Well, I'll tell you. The day that article showed up there—that would have been the day before I got contaminated—I noticed that DeAgüero and his two pals were acting very strangely."

"Eluid Rendón and Joe Serrano?" asked Flossie Williams, the gringa who had questioned Levi so thoroughly the day before, but who, until now, had remained unusually silent.

"Yes, they're the ones," replied Dietz, mopping the sweat off his brow with an oversized handerchief. "I saw them there in front of the bulletin board yelling like crazy—I don't know what they were saying because they were talking Spanish like always—but I heard them mentioning my name and my wife's name too. Those guys always had it in for us."

"What proof do you have of that?" Luján interrupted.

"Well, they were always trying to intimidate us, especially my wife, Fanny—she worked in the same group with Rendón and Serrano. They were always making fun of her, calling her names like 'brown-noser,' but the truth is that they were just plain jealous of her. She's Mexican too, you see, but not so backward like those guys were, and that's why they always gave her such a hard time. For instance, once an experiment my wife was working on kept coming out wrong. It wasn't until afterwards that she found out somebody had switched the labels on the chemicals. She knew it had to be Serrano who did it, so she reported him to her group leader, Dwight McLaughlin. Naturally, Dwight reprimanded him, but later on they were saying that Serrano had sworn he'd get revenge on my wife.

"Then, on the day I was contaminated, Fanny noticed something very strange. When we came back from our picnic, Serrano and Rendón were already back at work. That was the only time they had ever come back early from lunch. Then, that same afternoon, when they were scrubbing me down to remove the contamination from my body, Fanny was leaving work—she still didn't know what had happened to me—and she saw those three guys waiting for her out in the parking lot."

"Serrano, Rendón and DeAgüero," Mrs. Williams said as if she were reciting a litany.

"Correct. They were waiting for her out there, so Fanny went back inside the building and asked Dwight McLaughlin to walk her out to the car."

"Mr. Dietz," the president of the grand jury said before Mrs. Williams could get the chance to grab the reins like she usually did during the interrogations, "according to Levi DeAgüero, you are 'anti-Hispanic.' How do you respond to that allegation?"

"How in the hell could I be 'anti-Hispanic?'" Dietz declared vehemently, as his face turned nearly the same color as his whiskers. "I'm married to a Mexican girl— my own son has Mexican blood running through his veins! But this DeAgüero is one of those...well, he's violent, you see, just like the article says—he's got a vendetta-based personality. From the very beginning, he hated me and he was always ready to take offense at every little thing I did."

"And you've never given him any reason to get offended?" shot back Luján.

"Never."

"They why is it that you were reprimanded by the Personnel Director at the Lab for mistreating DeAgüero?"

"He instigated that!" Dietz shouted. "He tries to attack me and then he goes crying to the officials. And the worst thing is that the Lab is so scared of lawsuits that they immediately back down at ᷄ first sign of a threat. But what about *me*?—well, the͏͏ ͏ͅuldn't even listen to me when I told them about the ͏ ͏ger these damned fools posed to me and my wife. I was worried that someday they might end up hurting Fanny, but nobody would pay any attention to me."

3

Levi gazed at his picture and wondered whether it had been such a good idea after all to have carried that cross on his pilgrimage to the Santuario of San Buenaventura. At the very least, he probably shouldn't have done it on Good Friday when everybody would see him, for the last thing he wanted to do was call attention to himself. But there was his photograph on the front page of the newspaper, the same paper that published the article Russell Dietz had posted on the bulletin board, the same paper that Dietz now held in one hand while he drank his first cup of coffee of the morning in his other, trembling hand.

Russell Dietz was scared to death. Why had they called him again, he asked himself over and over. According to the summons he had received, Dietz would have to appear again before the grand jury on the day after Easter, but what he couldn't understand was why. He thought the whole matter was closed—what else could they possibly want to know?

Exhausted from his sleepless night and the anxieties racing through his mind, Dietz sat motionless in the kitchen, staring at the photo of Levi DeAgüero carrying a cross on his back as if he were Christ. Obsessed with doubt, Dietz struggled to regain his composure, assuring himself that he had never imagined it would all come to this—but what about him? After all, *he* was the real victim of all this, and even though they had scrubbed him until his hands were raw, how could he be sure he was clean? What if he were *still* contaminated, in spite of all the times he washed his hands? What if he could never be clean again, even if he spent his entire lifetime washing them?

4

This time the members of the grand jury seemed like totally different people. Russell Dietz could have sworn the twelve jurors were looking at him with different eyes—even Mrs. Williams seemed to fix him with a penetrating and accusatory gaze.

"Before we begin our new interrogation of Mr. Dietz," Vicente Luján said to his colleagues seated around the long table, "we must remind ourselves that our responsibility as members of the grand jury is...."

"Mr. President," Russell Dietz broke in without warning, "you don't need to continue your investigation any longer. I did it. I contaminated myself."

The twelve jurors stared at each other in mute disbelief as Vicente Luján addressed Dietz: "You are not yet under oath. Are you prepared to repeat that confession under oath?"

"Swear me in," he replied simply, and as soon as they did, he resumed talking in a low and controlled voice. "On June 17, I contaminated my locker and my own person with a solution of plutonium-239 which I had obtained in Wing 3 of the Chemistry and Metallurgy Building. I had absolutely no intention of contaminating anyone else. What I did, I did out of fear. Yes, I was afraid—afraid that DeAgüero and his friends might contaminate my wife. That's why I contaminated myself. I wanted to call attention to the grave danger that exists at the Lab where these people with vendetta-based personalities work. Don't misunderstand me— I never intended to hurt anyone. I simply wanted to show how easy it would be to contaminate an innocent individual. I'm extremely sorry to have caused so many problems with this action, but I beg you to understand that I only did it to open the eyes of the public."

5

With violent strokes of his brush, Levi painted the golden stars of the Lady of Guadalupe on his lowrider, the "Dream Machine." Certainly, he was relieved that he no longer had to defend himself against false accusations, but there was a rage inside him that gnawed away like a cancer. That jury had all but lynched him and his friends, but now that they had the confession of that lunatic, what the fuck were they going to do—slap him on his contaminated little wrist?

His lips frozen in a scowl, Levi painted the rays emanating from the Guadalupana as he thought about what Joe Chamaco had just finished telling him. He had gone to see a lawyer, that Rosencrantz who had fought for so many years against Primo Ferminio, and Rosencrantz said they had a very good chance of winning a civil rights lawsuit against the Lab.

Even though Levi had told Joe Chamaco, "For sure, ése, let's give it to 'em in the ass!"—the real truth of the matter was that Levi didn't feel as good about it as his carnal. Sure, he could use the bucks they might win, and he sure as hell was anxious to get a little revenge at the same time. But, in his heart of hearts, Levi knew they would end up losing, even if they did manage to win, for there wasn't enough money in the world to buy back his pride, nor was there a jury grand enough to remove the stain contaminating his spirit, this stain of anger and pain.

A Silent Place

"Now, everybody speaks English.
I don't speak English.
I live in a silent place."
                    —A New Mexican elder

"You're not a man anymore—you're just a sample. Just look at yourself—you can just barely climb into the truck, and here I am still riding through the mountains on horseback."

"But I'm already twenty-two years older than you, papa."

"Oh no, hijo—you can't figure age like that. Look, my years count double. Tell me, what did you do when you broke your leg—you've gotten so clumsy, falling out of that apple tree like that. Well, you went straight to the hospital, didn't you? And here I am with all these broken bones and not so much as an aspirin for the pain. I've got this broken hip, these cracked ribs, and this broken wrist where my hand got bent back. Then there was that time the mare got spooked and ran off with the plow, and ever since then...."

"Yes, I know, papa—ever since then your neck has been twisted. But, look, you've never had to put up with arthritis like me. After all, you died in the prime of your life, but not me. I'll tell you, there's nothing heavier in this world than the years you carry on your back."

"How old is Grandpa today
anyway?"
"Eighty, I think—or maybe
eighty-one."
"I thought he was older than that."
"Well, he might be ninety—I'm not
sure. He's old."

"Years are heavy, you say? I'll tell you what's *really* heavy—that anvil that used to belong to your grandfather and that you just barely got up on that block you have under the cottonwood tree. I saw you, using a pole to roll that anvil up there, and I used to be able to lift it up with one hand. Yes, I lifted that anvil—and I even threw it with one hand!"

"Yes, papa, I know all about that—you've already told me a hundred times, but don't forget I had a lot of strength too when I was younger, and not just in my hands. Don't you remember that time you had me unloading that wagon of hay with the neighbor down below in the haystack? Why, I nearly buried him with hay—you even told me to slow down a little. No, there wasn't anybody who could outdo me with the pitchfork or the ax. And I bet you I could *still* do more work with the ax than any of my own sons, even with all these years I carry on my back."

"And I bet you I could still beat *you* just like I used to when we made railroad ties up in Pinabetal. You've got to know how to use an ax before you start chopping."

"What would he like to eat?"

"You know Dad—he doesn't know how to order food in a restaurant. Why don't you just order something for him?"

"But what should I get him?"

"It doesn't matter. Something soft. Get him something soft with mashed potatoes—he likes mashed potatoes."

"These days kids don't even know how to handle a hoe, much less an ax, papa. They don't know what it means anymore to work on the land. Why, the family won't even come to harvest the corn anymore—and hoe the garden? Forget it. No, all they know is the grocery store. I think if it wasn't for the Safeway, they'd die of hunger."

"You call that little patch of plants you have a garden, hijo? The amount of chile you have, you're lucky to even taste it. In my time, we didn't have any tractors or that poison you use to spray your garden, but we always had plenty of chile for the family, and potatoes—why, we used to harvest four hundred sacks of potatoes on that same land you've got abandoned now. We'd also harvest sacks of beans and peas, and who knows how many fanegas of wheat. Then, we'd take the wheat to that mill we had on the river and we'd grind it into flour—we'd grind the corn too to make atole and chaquegüe."

"Well, I don't like this damned store-bought bread either, papa, but what am I supposed to do about it? That old mill's gone now. And most of the time there's no water in the ditch, anyway—it's a struggle just to irrigate with that little stream of water. And then there's so many insects they can finish off your garden from one day to the next—it's a plague, papa. Sometimes I think the world must be ready to end. Like the Bible says, in the final days, there will be plagues of insects and animals."

"I wonder what Grandpa's thinking about?"
"I don't know. He does look like he's off in his own world, doesn't he?"
"Well, maybe he's got his hearing aide turned off. Dad says he does that when there's a lot of people talking at once."
"Really? So he doesn't hear anything at all?"

"Well, of course the world's going to end, hijo. I've already told you a hundred times—haven't you been listening to me? I don't know why you never listen to me. You've always been like that, ever since you were a young boy. There was so much you could have learned from me, but you never paid any attention. And now, just look how useless you've become."

"Useless? Look, papa, it may be true that I don't have as many cattle as you had, and maybe I can't lift that anvil with one hand either, but I've done things you've never even dreamed of. When I started working in Los Alamos, I didn't know the first thing about plumbing. But I applied myself, papa, and little by little, I learned, until I ended up one of the best plumbers in the union."

"Yes, I know all about how successful you were in your job, hijo, but while you were busy spending your paycheck in town, you left my ranch deserted."

204

"I wish Dad would dress a little nicer for these occasions."

"Yeah, me too. But you know Dad—you can't tell him anything."

"I know. Mom could never get him to dress up either."

"Well, those pants look like he just came in from branding the cows, if you ask me."

"You don't understand, papa. I couldn't keep up the ranch and all the animals back then. After the war, they raised the price of the grazing permits—well, the ones they let me keep, because they took away half the permits you used to have. What was I supposed to do with the cattle if I couldn't graze them in the forest? And then they raised our taxes too, they said to build that dam up on the river, but what good did we get out of that lake they made? Nothing. That dam was for the rich people, and us poor ranchers—well, we ended up with less water than before. But just remember, papa—remember that I never wanted to leave the ranch. I wanted to stay there no matter what—you already know it—but my wife didn't agree with me. She said the schools were no good over there and that the kids needed a decent education and I don't know what else. But, she did have a point, papa—education *is* very important. And I'm very proud of my children—now, *they're* the ones who work in Los Alamos, and not underneath the floor, like me— oh no, they've got *good* jobs. And now my grandchildren are all in college—some of them have even graduated already and are making a good salary too."

"True, but not a single one can talk to you."

"No, papa, you're wrong—they all talk to me."

"Not in our language. Look, hijo, I'm also very proud of the family—after all, it's my family too. All I'm saying is that they can't talk to you. Oh sure, they can tell you, 'Buenos días, abuelo' and 'How ya been, grampa,' but they can't really communicate with you, and I think that hurts me even more than it hurts you. After all, how are they ever going to know me? How are they going to know who I was—who I *am*—if you can't tell them a single story about me? They don't know what life was like in my time, hijo. They go up to the ranch now to have picnics, but they don't realize I opened up the first road through those mountains with a team of oxen, and they don't know I cleared off the entire property with just an ax. How will they ever understand what our life was like, hijo—how beautiful things used to be? In those days, there was faith and respect, and all the neighbors were united—we'd all get together, whether it was to pray over the dead or kick up our heels at a dance. It was a hard life—no doubt about it—but it was such a *good* life too. Don't you understand, hijo? When you die, I'm going to die right along with you."

"Wake Dad up—it's time for him to blow out the candles on his cake."

"I don't think he's asleep. It looks like he's just thinking."

"Thinking? What's he thinking about so much at his own birthday party?"

"Well, I'm sure we'll never know. It probably wouldn't make too much sense to us anyway."

From Wakes to Weddings

"Bueno, so send Miguelito over, then. Let's see if he can stand living with a smelly old woman," mana Josefa told her daughter, putting an end to the argument. It was a debate that had gone on for three long years, every since Frances' father had died and she had been trying to convince her mother to move to town to live with her. Frances was constantly worried about her mother living out there all alone on the ranch; at any rate, Frances' husband had left her, so there was plenty of room in the house. But the old lady always turned down her daughter's offer, for mana Josefa was an independent woman—very "set in her ways," as she put it—and she was not about to give up either her house or her "ways."

The truth was, mana Josefa wasn't all that excited to give up her privacy either by allowing her grandson to move in with her; yet, stubborn as she was, she knew how to compromise when it was to her advantage, and now that her arthritis made it impossible to work any longer as a *sobadora,* she had to find some other way to make ends meet. Ever since her childhood, mana Josefa had massaged her relatives and neighbors for free, but after she became a widow, the poor woman had had to charge for her services in order to scrape together enough coins to pay her phone bill and buy a little meat now and then for her chile. But in the last year, her hands had gotten so crippled she couldn't even massage a constipated baby, so the headstrong *vieja* had finally decided she had plenty of room at her place for her grandson—so long as he helped out with the household expenses.

But there was no need to worry about that. Each month, Mike gave his grandmother part of his check and he even brought her food—hams, steaks, turkeys—though mana Josefa never realized that Mike, who worked as a butcher's apprentice at Safeway, ripped off the majority of that meat. But they never caught him at it; in fact, Mike never really got into any trouble with the law—except, of course, for that one time he got caught painting graffiti on the walls of the Coronado Hotel. But, then, that was a veritable tradition in the valley. Every spring the graduating seniors of San Gabriel High School would hit the town, painting their class numerals everywhere. "84 RULES," Mike had painted that evening on the side of T.G. & Y.—and "84 KICKS ASS," on the black boulder in the Black Rock Shopping Center. But he hadn't finished painting "CLASS OF 84 EN LA VIDA LOCA" on one of the walls of the Coronado Hotel when the hotel security guard, a sikh by the name of Singh Guru Santokah Khalsa, caught him.

The sikh detained Mike and his two pals that night until the cops came to arrest them. Naturally, Mike did not end up being sentenced to the State Pen for his crime, but he did end up getting kicked out of school, even though he only lacked three weeks to graduate. The principal, of course, had had no real choice but to expel the boys, given the fact that the owner of the Coronado Hotel, Vicente Luján, also happened to be the president of the San Gabriel School Board. Yet, even though Mike didn't graduate with his classmates, he did get a certain amount of revenge on the sikhs when he painted "GURO GO HOME" and "GUROS SUCK" on the white, pristine wall outside their compound just south of San Gabriel.

Mana Josefa was pleased when Mike told her that he was going to take summer courses at the community college so he could get his G.E.D., but she would have been even happier if her grandson would have quit eating so many hamburgers. She was always warning her grandson that those "jamborgues" were pure junk and that someday they would end up killing him, but Mike never paid any attention to her. He kept right on eating hamburgers every night after work while the decent dinner his grandma had prepared for him, the beans and tortillas which might have saved his life, would get cold on the table, just as they had that fatal evening when mana Josefa's worst fears were confirmed and Mike died from eating that "junk."

He was leaving the McDonald's parking lot that night, but he was so busy trying to open the yellow box that held his "Big Mac" that he failed to see the semi-truck. Mike had planned on eating his burger on the road, but he ended up taking the much longer road to eternity without so much as swallowing his first bite.

It was after her grandson's funeral that mana Josefa finally relented and moved in with her daughter in town. It was also at that point that mana Josefa began attending all the funerals in the valley. Every morning she turned on the radio to listen to the obituary notices from the Sandoval Funeral Home. Although she knew most of the "loved ones" that don Rogelio Sandoval announced in his low and gravelly voice, mana Josefa would also take down the time for the rosaries of the dead people she didn't know because, as she liked to say, "the rosary still counts." What seemed to count even more than the prayers, though, were the tears.

"Oh, what a sad funeral!" mana Josefa told her daughter one afternoon upon returning from the graveyard.

"Everybody crying, huh?" Frances inquired.

"No," responded mana Josefa with a long face—"nobody cried. That's why it was so sad."

There was no doubt that mana Josefa had chosen a rather bizarre pastime, but Frances never said anything about it. In fact, she made a point of never sticking her nose into her mother's business—except, of course, for that one time when Frances had insisted that mana Josefa quit kissing all the mourners on the lips. She had found out her mother was doing that when she had gone with her to a funeral that actually happened to be for one of their relatives, a distant uncle Frances had scarcely known. As they passed through the line, offering their condolences to the bereaved family, Frances noticed that her mother kissed every old friend and comadre right on the lips. "Well, no wonder she's sick all the time," thought Frances, resolving to set her mother straight that very evening. But mana Josefa refused to believe her daughter, declaring that a kiss had never made anyone sick. Well aware of her mother's stubbornness, Frances decided to scare her by telling her she was running the risk of contracting herpes. When mana Josefa told her daughter she had no idea what those "hair-pees" were, Frances explained that it was one of those diseases "down there."

"Naturally, your comadres don't get it that way," Frances had continued explaining. "It's their damn grandchildren who go whoring around everywhere, and then they go and kiss their grandmothers and the poor old lady gets sick from the kiss."

Afterwards, Frances regretted having started this whole herpes business because her mother ended up believing she had it. The old lady became even more convinced when she developed a sore on her lip, and even though Frances assured her that it was only an ordinary cold sore, mana Josefa insisted on seeing Dr. Esquibel. When the elderly physician also informed her that the tiny eruption on her lip had nothing whatsoever to do with venereal disease, mana Josefa complained to her daughter that that stupid old fart wasn't worth a good goddamn.

The passage of time and the eventual disappearance of the cold sore finally led mana Josefa to forget about those diseases "down there." Nonetheless, she *did* quit kissing all those mourners on the lips for, as the old saying goes, an ounce of prevention is worth a pound of cure. Mana Josefa had quoted that same proverb to her daughter when she explained her idea for fixing their dog when it went into heat. Since the women couldn't afford to take her to the vet to get spayed, the clever old lady had come up with the idea of tying an old pair of panties around the dog's rearend, thereby frustrating all the canine Romeos in the neighborhood.

If she was anything, mana Josefa was a pragmatist, and it was that same practical bent that led her to discover the means that would raise the standard of living in her daughter's household. Now that Frances' ex-husband had quit making his alimony payments, the pair of women were always short of cash by the end of each month. Frances had never held a job, having worked all her life raising her children at home. But now that the whole family was gone, Frances had ended up alone, without the experience necessary to qualify for a decent-paying job.

One evening mana Josefa was complaining about

how hard-up they were, telling her daughter that at least in the old days she might have been able to have picked up a few extra bucks giving massages, but not anymore. "How could I massage anyone now with this damned pain in my hands? Why, I can hardly hold onto these stupid playing cards!" mana Josefa had said to her daughter as the pair of women played a game of cunquián. It was at that instant that mana Josefa was struck by an idea, an absolute inspiration.

"You remember that night you read your tía Mariana's fortune with the cards?"

"How could I forget it?" Frances replied, laughing as she recalled all the fun she had had that evening "reading" her aunt's destiny in the cards, Frances, of course, knew nothing at all about the occult, but she did recall what her mother had told her about don Tobías, a horny old widower who apparently had the hots for tía Mariana, for he had recently asked her out to dinner. With that information in mind, it was no problem at all for Frances to make up an elaborate story about how this King of Hearts was a fine, white-haired gentleman, a suitor perhaps, and that the position of this Queen of Spades meant that she would be receiving an invitation from the fine gentleman, possibly to go out to dinner. All tía Mariana could do was sit there, wringing her hands and repeating, "Oh Dios," while a smile played across her lips. She was so astonished by her niece's "clairvoyance" that she said, "Does this little creature *really* know how to read fortunes?"

"Poor tía Mariana!" Frances laughed as she discarded a Jack of Diamonds.

"Don't laugh, hija," mana Josefa said, picking up the jack and winning the game. "That's just what we can do now to make a few nickles."

"What?"

"Well, reading people's fortunes, what else?"

"Reading people's fortunes! I don't know the first thing about fortune-telling!"

"You don't have to know anything," mana Josefa replied with that familiar twinkle in her eye which could only mean one thing—she was already forging a new idea in her mind. "I'll tell you what we do. We can make the bedroom into an office—you'll wait in there and I'll stay out in the livingroom with all the visitors who come to see you. While they're waiting to get in, I'll start talking to them, telling them all about my problems, about how I've got a mean husband or how my arthritis is acting up—any old problems, you see. Then I'll say to them, 'And you señora, what's bothering you?' Once they've spilled the beans to me, I'll come in and tell you all about their problems, and that way you'll be able to read their fortunes just fine."

Frances cracked up laughing again, though she knew her mother wasn't joking. In fact, mana Josefa was already trying to cook up a good professional name for her daughter. "Hermana Frances" didn't sound right, she said, and "Hermana Pancha" was lacking in character. But, then, why did they have to use her real name anyhow? After all, the really big stars never used the name written on their baptismal certificates. And so mana Josefa continued trying out a variety of names until, at last, she hit on one that sounded mysterious enough but inspired confidence at the same time: "Sister Lola." When Frances asked her mother why she had settled on "Sister Lola" instead of "Hermana Lola," mana Josefa said the use of the English would attract more gringos and, after all, they were the ones with the money.

Frances was convinced her mother had finally gone completely off her rocker. Yet, knowing how hard-headed the old lady could be, it didn't take much imagination to realize mana Josefa would insist they at least give her plan a try. At any rate, Frances had to admit she didn't have any better ideas, and there was no doubt that reading fortunes would be preferable to cleaning the house all day long.

"Bueno, mama," Frances finally said, unable to repress a smile, "I'll be your Sister Lola."

"Now you're talking!" mana Josefa cried out, immediately setting to work to transform the bedroom into the inner sanctum of the new fortuneteller and mystic, "Sister Lola." In the subsequent days, the pair of women pushed the bed into a corner of the room, moved in the coffeetable from the livingroom, and removed the bedroom door in order to install a curtain of red beads which they bought from a hippie on "el Swap Shop del Aigre," a flea market of the airwaves which came out on the radio every Saturday morning after the funeral notices from the Sandoval Funeral Home. They also made the chest-of-drawers into an altar, filling the top with miraculous candles and a whole batallion of santos. Then they hired a painter by the name of Urbán Flores who painted a sign for the new business which featured a picture of the Virgin of Guadalupe in the center of an open palm with several cards from the four suits above the opened hand and the name of the business below: "SISTER LOLA, SPIRITUAL CONSULTATIONS."

"The picture of the Guadalupana is very important," mana Josefa explained to her daughter. "Otherwise, people will think you're some kind of a gypsy."

Being a very Catholic woman, mana Josefa knew just how Catholic the people of the valley were. Yet, even the most devout Catholics needed a little counseling now and then, and God knows the parishioners of the Cristo

Rey Church could hardly seek that advice from Father Ramón, unless, of course, they didn't mind hearing their problems broadcast publicly in the priest's sermon of the following Sunday.

Without a doubt, the clientele was there, yet mana Josefa knew they'd need publicity if they really wanted to be successful. So, the old lady had gotten in contact with Filogonio Atencio, a musician and announcer on Radio KBSO, at a funeral where he was playing the organ. Right there at the mortuary, the two arrived at an agreement whereby Filogonio would compose an original tune for a radio ad. Apparently, mana Josefa's enthusiasm was infectious, for Filogonio composed a first-rate jingle for "Sister Lola." The melody was so catchy that women all the way from San Buenaventura down to San Gabriel began humming it at laundramats and ranchers throughout Río Bravo County whistled it while they irrigated their alfalfa. The words weren't bad either, especially those of the chorus:

> Sister Lola, Sister Lola, Sister Lola,
> Healer of one and all.
> She'll reveal your hidden destiny,
> She'll relieve your every infirmity.
>
> Sister Lola, Sister Lola, Sister Lola,
> Spiritual counselor and mentor.
> If you're sick or broke or unhappy,
> Place your hand in the hands of Sister Lola.

Mana Josefa made sure that Filogonio Atencio played the tune every day right after the obituaries from the Sandoval Funeral Home because she knew that all the old ladies in the valley had their radios tuned in at that hour just like she did. Although mana Josefa had gotten very involved with the new business, she maintained her interest in the dead and continued attending every funeral in the valley, though now she did so for professional reasons. She learned a great deal listening to all the gossip at wakes and at the gatherings after funerals. Often, the information mana Josefa gathered proved an invaluable aid to Sister Lola.

For example, one day a widow walked in whom mana Josefa recognized at once as being the former wife of a well-known mobile home salesman in the valley. Geraldo Gonzales had recently died in the trailer that served as the office at his "Sangre de Cristo Mobile Homes Sales." A defective butane heater had filled the room with carbon monoxide during the night, killing Geraldo in his sleep. Everybody in San Gabriel knew that Geraldo had not died alone that evening. The local newspaper, the *Río Bravo Times,* had provided a blow-by-blow account of the big scandal, detailing how the police had found Gonzales' secretary with him in bed, a twenty-year-old girl dead in the arms of her married boss. But what the public didn't know was the choice piece of gossip mana Josefa had overheard at the wake while sitting behind two talkative members of the Gonzales family. The rich businessman, it seemed, had not been the only one having a "secret" affair, for while he had been making it with his secretary at the office, his wife was sharing his bed at home with Primo Ferminio Luján, the president of the Río Bravo National Bank and the political boss of the entire county.

Naturally, all of that information made it considerably easier when Sister Lola had to tell the widow's fortune. And so they had continued, day in and day out, until Sister Lola had built a reputation as a woman of great wisdom and skill. Near the end, people were coming from far and wide to see the fortuneteller—Sister Lola's clients included everybody from Indians up in Gallup to rednecks down in Clovis. God only knows how prosperous the two women might have become had mana Josefa not turned on her television that fateful night. But what's the point of contemplating what could have been when what really happened was that mana Josefa *did* turn her set on.

She had settled down to watch her favorite soap opera, "El Maleficio." Naturally, mana Josefa didn't bother to check the channel because she never changed it from Channel 10, Univisión, but what she didn't realize was that those two little brats who had been in the office earlier in the day had played with her TV. These little terrors were the four-year-old and six-year-old children of a Los Alamos woman who had come, she said, to get her fortune read and to get some advice about the upbringing of her kids. The woman told mana Josefa that she was very worried for she had read all of Dr. Spock's books, yet she still couldn't shake the uneasy feeling that her precious children were lacking something. All this she said while the pair of little imps were jumping up and down on the furniture and squealing like a couple of wild animals. As far as mana Josefa was concerned, the only thing these monsters were lacking was a good licking, and that's precisely what she told her daughter to "find" in the cards.

But it was at that point—when mana Josefa was in the bedroom talking to her daughter—that the two kids had messed with the television, switching the channel from 10 to 5, the public TV station. So, when mana Josefa turned on her set later that evening, she didn't see her supernatural soap but, rather, a special report on the terrible drought in Africa. The old lady found herself glued to her chair, paralyzed with emotion. These starving children, these walking skeletons with their swollen stomachs and empty eyes—mana Josefa had never seen anything so horrible in her life, nor had she imagined in her wildest dreams that such suffering existed in the world. She found it impossible to sleep that night because it seemed like those hungry eyes were watching her, and even the morning sunlight flooding over the Sangre de Cristos could not wash that dark image from her mind.

That same morning, she knelt before the army of santos on the chest-of-drawers and made a solemn vow to do something to help relieve the suffering of those innocent children. There was enough food in the world to go around, mana Josefa reasoned—the problem was that some ate more than their share while others went without. There were plenty of fat people right in her own hometown of San Gabriel, in fact, and it was that very fat which should have been sticking to the bones of all those hungry children in Africa. Thus, mana Josefa, true to the practical streak in her nature, figured out a very direct solution to the problem. She would simply convince all the fat people who came to see Sister Lola that they should go on a diet and, then, send all the money they didn't waste on food to the dying children on the other side of the ocean.

Having made that resolution, mana Josefa immediately began cornering all of Sister Lola's obese clients, but the idea backfired because the majority of the fat folks got so offended they walked out. Even those who weren't so touchy about their weight got annoyed because all the stories mana Josefa would tell them about the tragedy in Africa ruined their concentration on their own problems. Business quickly went from bad to worse because mana Josefa got so worried about the customers' obesity that she began to forget all about asking them about their problems which, after all, hardly compared with the terrible hardships the African children were suffering. It got so out of hand that when mana Josefa would enter ahead of a client to brief her daughter, the only thing she could find to say was that the next guy had a pot belly that hung down over his knees and the woman sitting out there looked just like a refrigerator.

Yet, it wouldn't be fair to lay all the blame for the bankruptcy of the business at mana Josefa's feet, for there were other factors involved as well which had nothing at all to do with the old lady's obsession. One came in the form of a representative from the local Chamber of Commerce who arrived one day to inform the ladies that the law required them to obtain a business license. That same week, mana Josefa and her daughter received a letter from the New Mexico State Bureau of Revenue advising them that the business known as "Sister Lola, Spiritual Consultations" was not duly registered with the state and that back taxes with the appropriate interest penalty were due.

Frances finally convinced her mother that it cost her more to be "Sister Lola" than nobody at all. So the women took down the palm-reading sign, as well as the red beaded curtain, and Frances got herself a job at Safeway, the same store where her late son had once worked. Mana Josefa even quit going to all the funerals in the valley, not only because she and her daughter no longer needed the professional information, but also because she was no longer amused by the dead. After gazing into the desperate eyes of those African children, mana Josefa found herself unable to enjoy being sad.

Nonetheless, mana Josefa has not just stayed at home

staring at the four walls, for now she has discovered a new passion—bingo. Lately, Frances has had to chauffer her mother to all the bingo games in town, and there are plenty of them. Monday nights, mana Josefa plays at the parish hall of the Cristo Rey Church and on Tuesdays, she tries her luck at the Río Bravo County Senior Citizens Center. But the best games are the ones on Thursday and Friday nights at San Pablo Pueblo because the prize money is much higher since the Indians don't fall under the jurisdiction of the state.

Mana Josefa even plays the bingo game at Safeway. Every day she stops in to buy something, even if it's just some stupid little item, because each time she passes through the check-out line, she gets more numbers to paste onto her bingo cards. Unfortunately, it's the same store where Frances works and the poor thing feels like sinking into the floor everytime her mother marches up to the manager's office to demand, "I was here yesterday and they didn't give me my 'bingos'—so give 'em to me now!"

Frances is about to go nuts with all this bingo business, but she knows it's pointless to object now that her mother has gotten hooked on her new hobby. At any rate, the aging bingo fanatic is pretty lucky—one night she even won a hundred bucks. But not even a hundred dollars is enough for mana Josefa who has made yet another solemn vow, this one to never stop playing bingo until she finally wins the grand prize of $20,000 at the San Pablo Bingo Palace. Once she wins all that dough and sends it to the starving children of Africa, she'll retire from the bingo parlors, for the truth is she really doesn't enjoy the game. When they start yelling out all those numbers, why, you can't even talk to the person sitting right next to you. Anyway, bingo doesn't make you sad, and mana Josefa has been dying for a good cry.

But she's not worried, for she has a new plan. Just as soon as she can quit playing bingo, mama Josefa plans to start attending all the weddings in town. That way she'll once again be able to cry with pleasure.

Acknowledgements

Some of these stories have been previously published in the following magazines and anthologies:

"Easy," HISPANICS IN THE UNITED STATES, Vol. II, Bilingual Review/Press, Ypsilanti, Michigan, 1982. Also published in NEW MEXICO'S ARTS AND LETTERS, *Albuquerque Living,* Alb.querque, New Mexico, 1988.

"The Inventor," AND THE GROUND SPOKE, Guadalupe Cultural Arts Center, San Antonio, Texas, 1986.

"Entre Silencios" (Original Spanish version of "A Silent Place"), CONCEPTIONS SOUTHWEST, University of New Mexico, Albuquerque, 1988.

"Contamination," XENOMORPH, Humble, Texas, 1988.